MURAKAMI
HARUKI

MURAKAMI ASAHIDO

ANZAI
MIZUMARU

—随笔集—

村上朝日堂

〔日〕村上春树 安西水丸——著

林少华——译

| ● MURAKAMI HARUKI ● | ● ANZAI MIZUMARU ● |

MURAKAMI ASAHIDO

上海译文出版社

图字：09－2003－320 号

图书在版编目(CIP)数据

村上朝日堂/(日)村上春树,(日)安西水丸著；
林少华译.—上海：上海译文出版社,2020.5(2024.1重印)
(村上朝日堂系列)
ISBN 978－7－5327－8317－5

Ⅰ.①村… Ⅱ.①村…②安…③林… Ⅲ.①随笔—
作品集—日本—现代 Ⅳ.①I313.65

中国版本图书馆CIP数据核字(2020)第043229号

村上朝日堂
[日]村上春树 安西水丸 著 林少华 译
责任编辑/姚东敏 装帧设计/千巨万工作室

上海译文出版社有限公司出版、发行
网址：www.yiwen.com.cn
201101 上海市闵行区号景路159弄B座
上海信老印刷厂印刷

开本 890×1240 1/32 印张 9 插页 2 字数 56,000
2020年7月第1版 2024年1月第3次印刷
印数：13,001—14,500册

ISBN 978－7－5327－8317－5/I·5097
定价：48.00元

目录

译者短语

年初见村上春树的时候，我半开玩笑地问他是不是不喜欢“中华料理”。他有点难为情地笑笑，未予回答——大概认为面对远道而来且初次见面的中国人直说不喜欢“中华料理”未免失礼。但我听说他是不喜欢几乎所有日本人都喜欢的“中华料理”的。当我译完《海边的卡夫卡》开始翻译他的随笔的时候，终于在这本小书里找到了言之凿凿的“铁证”——“‘中华料理’一概不吃……我对中国和中国人决不怀有不好的感情，相反，总的说来是有极大兴趣的，熟人里有几个中国人，我的小说中也有许多中国人出场。尽管这样，我的胃还是拒不接受‘中华料理’。”

不仅如此，我还从中考证出原来《挪威的森林》中的绿子真有可能就是村上现在的太太——若干读者来信问起过，当时没敢说是谁——在那篇和安西水丸的对谈中，村上介绍了和太太相识的缘起。他说上世纪六十年代闹“学潮”时班上讨论“美帝国主义的亚洲侵略”，而她因为是天主教女校考上来的，对政治茫茫然一无所知，于是一个劲儿追问什么是帝国主义，高中时代就经常向女孩献殷勤的村上赶紧教她，一来二去要好起来。“不过当时并没有跟结婚挂钩，我有个正相处的女孩”。喏喏，这岂不是和《挪威的森林》的情节几乎如出一辙，简直不打自招！难怪村上在《挪威的森林》后记中说这部作品具有极重的私人性质，“属于私人性质的小说”。

在这点上，可以说既没有比村上更远离媒体的作家，又没有比村上更裸露“私人”的作家。这本书里的随笔是一九八二年开始写的，在一本名叫《日刊打工新闻》的刊物上连载了一年半。那时村上刚出道不久(一九七九年发表处女作《且听风吟》)，年龄三十刚刚出头，因此书中的青春往事都还相去不远，自然写得分外生动分外真切，从中不难找出少年春树和青年春树的音容笑貌，而且大多和普通人没什么区别。例如上高中时他曾为讨好一个被电车门夹住纸袋的“十分可爱的女高中生”，飞身扑上前帮她拉纸袋而将纸袋拉成两半，致使袋里的东西哗啦啦散落在路轨上——讨好没讨成，赶紧逃之夭夭。婚后一次“‘吱溜溜’喝自己做的大酱汤、吃自己做的炖萝卜干”时忽然想起今天是情人节。情人节该是女孩向男孩赠送巧克力的日子，而自己却一粒巧克力也没捞到，于是深感自己的人生窝囊透顶，“我的人生从某一时刻开始突然偏离正轨，沦为在情人节晚上做萝卜干和油豆腐炖菜之人了！”

村上的随笔主要写他个人，写他的人生际遇、所感所思和喜怒哀乐。当然，随笔 (essay) 不同于日记，不可能百分之百实有其事，但又不至于像小说那样无中生有。日本读者倒是相信那就是原原本本的村上春树。既然村上的同胞们相信，那我们照单全收也无妨。

最后说一句，此书何以叫《村上朝日堂》，据一位日本编辑猜测，可能因为给这本书画插图的(原书有插图)安西水丸[1]原名叫“渡边升”(村上小说中的主人公常用此名)，而“升”即“朝日”之意，村上春树与之搭档，故而称“村上朝日堂”。但这终究属于猜测，实情不得而知——不知也无妨。

林少华

二〇〇三年初秋

于东京

1 日本画家（1942— ）。毕业于日本大学艺术系，多次为村上春树作品画插图。

打工

学生时代——已是十多年前的事了——打工的每小时平均工钱差不多等于在酒吧喝一杯咖啡的平均价钱。具体说来，六十年代末期为一百五十日元左右。记得一盒“hi-lite”烟八十日元，一本少年杂志一百日元。

我打工挣的钱都用来买唱片了。干一天可以买一张密纹唱片。

如今咖啡三百日元而打工每小时五百日元，行情变了一些，干一天能买两张唱片。

只看数字，似乎这十年来我们的生活好过了。但从生活感觉来说，我不认为好过多少。过去家庭主妇很少做钟点工，更没有高利贷催命。

HORACE SILVER
JAZZ
RECORD
今月の
アル
ュー
レ

数字这东西极为复杂。所以总理府统计局那地方不大可信，GNP[1]绝对莫名其妙。

如果把GNP那东西“通”一声放在新宿西口广场，想摸谁都可以摸两下，那么我也可能相信。若不然，我才不相信那没有实体的玩意儿。

在这方面，我认为竹村健一[2]和田中角荣[3]实在很伟大。因为他们明知数字形迹可疑，却又信手拈来为己所用。那种程度的数字，一本小手册足矣。

这个不说也罢。反正至今我仍清楚地记得学生时代打工买来的唱片，一张张认真欣赏。总之，问题不在于数量多少，而在于质量如何。

1 国民生产总值。

2 日本文艺评论家（1930— ）。现为拓殖大学客座教授，致力于未来经营的研究。

3 日本政治家（1918—1993）。1972年至1976年任首相。

荞麦面馆的啤酒

一九八一年夏天从城区搬来郊外，最伤脑筋的是大白天根本见不着有人东游西逛。住户大半是工薪阶层，无不早出晚归。理所当然，白天街上只有主妇。我原则上只有早晚写作，午后便在附近游游逛逛。游逛起来，感觉甚是奇妙——周围人都投以狐疑的眼光，好像自己干了坏事似的。

看来街上多数人把我看成了学生哥儿。散步之间，老太婆问我是不是要租房子，出租车司机问我学习够辛苦的吧，唱片出租店要我出示学生证。

虽说我一年到头一件夹克一双运动鞋，但毕竟三十三岁了，无论如何也不该被人看成学生。在街上人眼里，想必大白天就东游西

青山三丁目一带

逛的人都应该是学生。

在城区就绝对没这等事。中午在青山大街散步，时不时碰见和我同样的人，尤其经常和插图画家安西水丸不期而遇。

“安西君，干什么呢？”

“啊，哪里，是啊，这个，没干什么的。”

便是如此情形。至于安西真是有闲之人还是忙而不形于色，个中情由全然无从知晓。

一句话，城里莫名其妙的男女所在皆是，这些人大白天就东游西逛。是好是坏我不清楚，但自在还是自在的。光是在荞麦面馆吃午饭时要啤酒而对方不显出诧异神情，这点就足以让人庆幸。因为荞麦面馆里喝的啤酒的确好味道。

三十年一次

我是养乐多燕子队[1]棒球队的球迷，常去神宫球场。球场相当不错，和后乐园的不一样，四周绿树成荫，感觉上得以远离鸡飞狗跳的日常生活，慢慢悠悠看一场棒球赛。

或许是不习惯的关系，后乐园球场总好像让人心神不定。养乐多夺冠那年由于有大学棒球比赛，神宫无法举办日本职业棒球赛事，只好改在后乐园争战。

在神宫看不成固然遗憾之至，但反过来说，感觉倒也痛快——

1　日本职业棒球队之一（亦为酸乳酪商标名）。

Yakult
神宮
球場

“巨人队[1]活该！”进后乐园一垒侧看球前后仅此一回。

作为养乐多球迷来说，再没有比一九七八年赛季更让人畅快淋漓的了。

那年我住在离神宫球场走路五分钟远的地方，天天都去看球。每当日落天黑灯火通明鼓声阵阵传来，我就再也按捺不住，扔下工作跑去神宫。

说起来，那年养乐多打得实在痛快。船田迎战巨人队打的最后一个本垒打、希尔顿的一垒前扑滑垒、决赛场上战神松冈那个强有力的投球以及打进后乐园外场席最上边的本垒打至今仍历历在目，每次想起心底都一点一点涌起幸福感。

声援三十年间仅夺冠一次的球队，可以像咀嚼鱿鱼干一样把这仅有一次的胜利玩味十年之久。

今年养乐多战绩不佳，可以说输定了。没办法啊！但愿养乐多在我有生之年——最好在二零零零年之前——再夺冠一次，别无他求。

1　亦为日本职业棒球队之一，与养乐多燕子队同驻东京。

离婚

不知何故，最近接连遭遇离了婚的熟人。

这让我相当头疼。就是说，熟人久别重逢，话题本来不多。一开始打听两句工作如何和如今住哪儿，之后大体是问："太太可好？"

这倒不是因为我很想了解对方太太的动向——别人的太太怎么都无所谓——只是一种家常话，或类似时节性寒暄。所以我所期待的无非是"啊，还过得去吧"一类回答。

而若这种时候道出"其实已经离了"，说的人怕不开心，听到的我也不惬意。

对于离婚我没有任何成见。离婚话题的困惑在于自己全然不知如何应对。

噢，真的？唔
唔唔……
是的哟，唔
唔唔……

若是结婚或生子，道一声恭喜即可过关；倘是葬礼，说一句“够你受的”也可了事。

但对于离婚就没有如此方便的说法了。离了或许大快人心，但那别人是体会不出来的。说“这回舒心了吧”未免不负责任，说“哎呀羡慕之至”又不无轻薄，而若板起面孔一口一个“这可是……”又破坏气氛。

百般无奈，遂说：“噢，真的？唔唔唔……”对方也同样：“是的哟，唔唔唔……”如此场景近来重复了三四回，弄得我心力交瘁。

既然世间离婚者有增无已，那么在《婚葬祭礼手册》中添加离婚一项也未尝不可嘛，我想。

夏天

夏天最让人欢喜。太阳火辣辣照射下来的夏日午后，穿一条短裤边听摇滚边喝啤酒，简直美到天上去了。

夏天不到三个月就过去实在令人惋惜。真想求它至少持续半年。

前不久看了厄休拉·勒古恩[1]的科幻小说《流刑之星》，讲一颗很远很远的行星，星上一年，大约等于地球六十年，就是说春天十五年夏天十五年秋天十五年冬天十五年，甚是了得。

因此，这颗行星上有句谚语说“能看到两次春天就是幸福之人”。

---

1 美国科幻作家（1929— ）。20世纪70年代“女性时代”科幻小说的代表人物。村上春树曾翻译其多部作品。

总之就是说人人盼望长寿。

但长寿得看到两次冬天可就麻烦了，因为这颗行星上的冬天极其严酷和黑暗。

假如我生在这颗星球，还是从夏天开始为好。少年时代在夏天的阳光下东跑西颠，思春期和青春期在秋天老老实实度过，而将壮年中年岁月连同严寒一起送走，春天转来时进入老年。理想模式。

若碰巧长寿，再迎接一次夏天自然没得说的。死时最妙的感觉是：噢，能在哪里听一听“沙滩男孩”该有多好啊！但愿我能如此死去。

西纳特拉[1]有一首老歌名叫《九月之歌》，大意是：五月到九月太久太长，九月过后日落匆忙。秋意渐渐加深，树木一片红黄，还有几多时光。

听起来——歌固然很好——让我黯然神伤。死的时候最好赶在夏天。

---

1 美国流行音乐歌手、电影演员 (1915—1998)。

千仓[1]

我在神户长大，最喜欢牛肉和海。在望得见海的餐馆吃牛排实在幸福到了极点。而东京没有海（有的房子看不到），牛肉又贵，遗憾。

想看海的时候就去湘南或横滨，但总觉得有点儿不对头。因为第一个感觉是“特意来看海的”，而海也好像在说“噢，劳您特意跑一趟”。

海这东西，若不住在附近朝夕闻它的气味儿，恐怕是很难看出个究竟的。湘南和横滨的海已经太世故 (sophisticate) 了，不大容易

1　位于东京东南、千叶县南部的镇，面临太平洋。

千仓风景

让外来者感觉到是“作为生活感觉的海”。

最近我中意的海岸是南房总[1]，尤以千仓为佳。风景倒没有什么可看的，但除去暑假，平日几乎没人，惟独海本身实实在在地躺在眼前。

“扑通”一声浪头打来，“哗啦”一声浪花退去。贝壳啦海带啦沙滩上到处都是。同湘南相比，在海边散步的狗也好像给人一种凛然之感。歪在这样的地方，“啊，大海”这一情思便从心底里“咕嘟咕嘟”涌上心头。

千仓这座镇子其实是安西水丸君的家乡。水丸君说，去千仓的话，若说自己认识水丸，谁都会借钱给你。我认为那绝对是胡诌，但又觉得未必没有可能——镇子便是那么小那么静。

千仓最漂亮的建筑物是K出版社拥有的“海之家”，我曾谎称“要写稿”，在那里住了一次。

总之那地方妙不可言。

1　即千叶县房总半岛南部，千仓和下文的白滨、馆山均在这一地区。

渡轮

上回写了千仓，继续下文。

清晨离开千仓去白滨。距离相当不近，但慢慢走起来甚是快意。时髦的酒吧餐馆之类一家也没有，只有大海无限横陈开去。

中午时分来到白滨，走进寿司店。因是海滨，你以为寿司好吃对吧？谈不上有多好吃，奇怪。

一次在白滨海岸见到有人钓鲨鱼。鲨鱼个头不小，一米来长，看得我吃了一惊，而钓的人好像习以为常，兴冲冲砍去鱼头，一把把掏出内脏，一块块剁了放进冰柜或什么里面。

白滨风景

太平洋真是不得了。简直成了雅克佩蒂[1]笔下的世界。

从白滨到馆山乘大巴。大巴一副懒洋洋的样子（千叶县的交通网大体如此），但到底把我拉到了馆山。

从馆山到滨金谷乘国铁。从滨金谷开始坐渡轮。渡轮好得很，既不很大又不很小，票价也便宜。

在小卖店买三瓶喜力啤酒在甲板上喝，喝着喝着穿过东京湾到了三浦半岛久里滨，不到一个小时。

从千叶直接去神奈川路线非常奇妙。我常想，这大概也不失为一种选择。

从千叶去神奈川我觉得还是需要通过这一系列仪式：锦系町→东京→品川→川崎。如果统统省掉，感觉上就好像喉咙下面马上就是肚脐。

恐怕是文化冲击 (culture shock) 吧，如此想着，到横滨又喝起了啤酒。

1　意大利电影导演 (1919—　)。执导有《残酷的世界》和《再见吧，非洲》等影片。

文章的写法

将来打算靠写东西生活的年轻人常问我“怎么才能学会写文章呢”，其实问我也问不出个究竟，反正有人问就是。

写文章的诀窍就是不写文章——这么说或许不得要领，总之就是说“别写过头”。

文章这东西，想写的时候往往怎么也写不出。首先要有内容——“写什么”，其次要有风格——“怎么写”。

但如果你问是否年轻时候就能发现适合自己的内容和风格，回答是很难的，除非你是天才。因此，只能从哪里借来既成的内容和风格凑合一下。

既成的东西容易为别人接受。所以，如果你做得灵巧，周围就

会有不少人夸你："嗬，不错嘛。"本人也暗暗得意，于是想得到更多的夸奖，结果事与愿违——这样的人我见过好几个。不错，文章这东西写到一定的量就能写得妙。问题是，倘若自己身上没有稳定的方向感，所谓妙就大多以"灵巧"告终了。

那么，如何才能把握那种方向感呢？这个已经和文章如何如何无关了，而只能归结到活法上面。

怎样写文章，同怎样活着基本是一回事。一如怎样向女孩子花言巧语、怎样吵架、去寿司店吃什么等等，如此而已。

如此大致做罢，如果你觉得"什么呀，到了这一步就没必要再特地写什么文章了"，那是再好不过的；而若你还想写下去，那么你就会——好坏自当别论——写出属于自己的像样的文章来。

“以后的事”

不言而喻，以后的事没办法晓得，绝对不晓得，怎么会晓得呢！

小时候，一次打开收音机，听得播音员正在朗读一封读者来信：“我顶顶讨厌埃尔维斯·普雷斯利[1]和摇滚乐，那种玩意儿最好快快消失！”

当时是五十年代后半期，埃尔维斯登峰造极。播音员回答说：“是啊，那种吵吵闹闹的摇滚，怕是长远不了的吧。”

我因为还是孩子，当即信以为真：是么，摇滚要完蛋了！然而

---

1 美国摇滚乐歌手（1935—1977）。

埃尔维斯仍未寿终正寝，滚石乐队[1]演奏更加吵吵闹闹的音乐赚了几千万美元。

差不多与此同时，一家杂志刊登出一则提问：“电脑将来会普及吗？”回答是“No”。为什么呢？“因为如果制造相当于人脑的电脑，势必有丸大厦[2]那么大”（够老的），而那样的东西“不可能普及到一般民众当中”。

1 美国最有影响的摇滚乐队，自 1963 年以来常盛不衰。

2 日本有名的高层建筑。

那时我也还单纯，脑海里随即浮现出丸大厦那么大的电脑，心想这东西不成。可如今已是电脑可以放进公文包的时代了。

差不多同样的事迄今有好多好多。我这人天生执著，一个个记得清清楚楚，所以现在十之八九的事我都不大相信。

最可疑的是专家的话，其次可疑的是冠冕堂皇的广告词。这两种最好当耳旁风。我都给骗得好苦。

小说也不例外。与其考虑新小说是什么，莫如先写好的小说。这才是一切。

出租车司机

前不久的事。一次在青山[1]搭出租车，车上安的小音箱（不是内置音响）淌出莫名其妙的仿佛民族音乐的声音，觉得非常奇怪。

司机三十四五岁，和我差不多或比我稍大。

“这个，是哪里的音乐？”我问。

“猜猜看。”他说。

猜中了似乎也不至于免车费，但蛮有趣的，便试着猜道：“阿富汗？”

“可惜啊，伊朗。紧挨着。”

1　东京的地名。

可惜也好什么也好，毕竟我不可能懂得伊朗和阿富汗音乐的区别。

攀谈之间，得知他像是民族音乐迷，开车时常放很多国家的音乐。

“此外没什么好听的。爵士乐啦摇滚啦，全是商业主义货色，吵吵嚷嚷，又没有生命感。”

酷评。

“不过昨天拉的客人，居然猜中是苏丹某某地方的音乐，我都吃了一惊。”

我也吃了一惊。

世中真有厉害人。

他说与日本有关的只放冲绳音乐和念经磁带。

“放念经磁带没人讨厌？”

“有啊。半路就下车了。尤其是正在接送客人的公司职员，绝对下车。”

听到这里，不由觉得东京也甚是刁蛮起来。再往前一步，就是“出租车司机”世界了。

报酬

二三十岁之间我开了八九年饮食店，用了数量相当多的临时工。大部分是学生，刚开始的时候和我年龄差不多，而最后就差一轮了。我这个店临时工稳定率算是高的，所以对每个人我都记得比较清楚。总之什么人都有。

据我的经验，有几种类型是绝对雇不得的，“白干都行”即其中之一。或许你认为岂有那样的事，偏偏有。例如每年都有一两个人口称“将来我也想开店，不要工钱让我白干好了”或者“无论如何都想在这里打工”等等，但我总不能让人家无偿劳动，所以工钱还是按平均线支付。

不过若问这样的人干活是否像那么回事，则情形往往相反。偷

懒、发牢骚、旷工、迟到，最后甚至提出“工钱低”。我是觉得并不低，反正雇用口口声声说什么“不要工钱”等漂亮话的人是我的失误。

同样，没有稿酬到手的稿我绝对不写。听起来似乎口吐狂言，但作为专门写东西的人是理所当然的事。即使再低也要以现金付给我。我严守截稿日期，对方也要中规中矩才好。

可是这么实行起来，就有人说“那家伙掉进钱眼里去了”。问题是你也不好好想一想：这种同人杂志式的、糊涂账式的习惯做法把日本文坛糟蹋得多么厉害！文学也好爵士乐饮食店也好，根本上是同一回事。

清洁的生活

都说上了年纪就喜欢理发铺和浴室，其实我也同样。虽说还没达到“喜欢”那个程度，但至少不再痛苦了。

过去不是这样，一听到理发铺和浴室就脸色铁青，讨厌得不行。坐在理发铺椅子上让人把脑袋抓弄一个小时简直忍无可忍，慢悠悠泡在浴缸里也让人气恼。

或许有天生性子急这方面的原因，不过主要恐怕还是因为无法忍受旺盛的体能长时间静止不动。

尽管如此，在成为高中生和女孩子交往之后，还是觉得必须大体保持清洁，开始耐住性子较为勤快地进浴室上理发铺了。事情绝对不坏。

不料来东京上大学后又马上返回了原来脏兮兮的生活状态。为什么呢？因为我的大学生活和学生运动、和嬉皮士运动高潮整个撞在了一起。

毕竟那时候污秽仿佛是社会地位的象征，大家都不去理发铺，不刮须，不洗澡，不换衣服，一塌糊涂。一个月都不洗头的人比比皆是。

就那样过了几年，后来结了婚，又迎来了清洁时光。头发剪短了，胡须刮掉了，衣服买了几件。开始是义务性的，继而习惯起来，如今开始主动洗澡理发了。头发天天洗，甚至喷上古龙香水。自己都佩服起自己来。

每个月单程花两个小时去千驮谷那家理发铺两次，衬衣也自己熨烫。周围无人不认为我是“较爱清洁的人”，往日旧事无人知晓。人生真是个妙玩意儿。

雅库扎[1]

高中时代一个人旅行，在夜班列车上同一个雅库扎老叔对座。一看就知是个彻头彻尾的雅库扎之类，旁边一个彻头彻尾的雅库扎情妇型女人，而我坐在两人对面。倒不是我喜欢这样，是他们擅自坐过来的。我是个不争气的少年，本想转去别的座位，却又顾虑弄不好惹人讨厌——雅库扎之流对此格外敏感——于是克制着自己坐在那里不动。

一来二去，夜半更深。因是旧车厢，车窗一直开着，无论如何

1　在日本原指不务正业者、地痞流氓（“雅”“库”“扎”是赌博游戏“三张纸牌”中不能得分的八、九、三这三张牌），现一般指黑道人物。

都有蚊子进入。雅库扎老叔开始用手“啪唧啪唧”拍打，虽说不算惊天动地，但终究是拍个没完。往下不知何故叫醒睡着了的情妇，两人一支接一支吸起烟来，大概是想以香烟作蚊香。有无效果不太清楚，但不失为一计，看得我不由佩服起来：原来雅库扎也会考虑很多事情。正看着，雅库扎转而对我说道：“喂，小哥，你也来一支！”随即递过一盒长支“和平”。来一支也好两支也好，我才十六岁，从未吸过什么烟，但看情形横竖不宜拒绝。那个情妇也在一本正经地大吸特吸。

结果害得我也接二连三吸了一夜。头晕脑涨，睡眠不足，苦不堪言。雅库扎真是不好对付。

和这个倒是无关——最近去游泳池游泳，看见一个身上刺青、肩披一件划艇运动服、下面穿一条冲浪短裤的雅库扎老兄。这也够头疼的。雅库扎当中有口称喜欢汤村辉彦[1]、片冈义男[2]和“人类联盟”(Human League)的也有点让人为难。理由说不明白，总之伤脑筋。

1 日本画家（1942— ）。亦擅长漫画、广告等。

2 日本作家（1940— ）。著有《东京青年》等。

再谈神宫球场

世上最凄凉的行为是什么？就是十月初秋雨飘零的夜晚，同文艺刊物编辑两人去神宫球场边吃柿籽谈工作边看养乐多队对中日队的预赛。

我尝试过一次，再没有比这个更凄凉的了。

这种时候很少有正经人特意跑来球场。我边上坐的老伯从头到尾都拿中日队的外场手寻开心：“喂喂，你这家伙，往中间来。××(姓名)，笨蛋，往这边来一下么！得得！”便是这么一副调门。如此持续好几个钟头，看的人心灰意冷，打的人也垂头丧气，何况场上实力相差悬殊，没法把精神集中在比赛上。

起始一口一个“笨蛋”，我还能佯作未闻，不料说着说着就

喂,你,这边来

成了这样的内容："喂喂，可知道你老娘现在干什么呢？现在正用×××干……"这一来到底火冒头顶了，恨不得猛回头骂声："你这个混账！"没有中场飘飞球的时候还算好，还能看得下去，但到底够离谱的。

这时间里我们一边一小口一小口啜着啤酒，"咯嘣咯嘣"嗑着柿籽，一边商量着小说清样——"呃，'第三头白猪在雪路上无精打采地走着，'这里么……"干这活计本来不来球场也行，但总觉得在球场可能有意思些。更深的用意却是没有的。

那个老伯反正是一直把中日队的外场手奚落到最后才回去。这样的人大白天到底靠干什么过日子呢？

搬家杂记(1)

人这东西大致可分为两类：一类喜欢搬家，一类讨厌搬家。

并不是说前者雷厉风行富于进取精神不安分守己而后者相反，只是把问题压缩在喜欢还是讨厌这个极单纯的层面上。

也许有点跑题，我认为就单纯层面作深入思考是不合适的。例如不可认为喜欢玫瑰的人直率热情，喜欢狗的人性格开朗等等。喜欢玫瑰就是喜欢玫瑰，喜欢狗就是喜欢狗，仅此而已。还不是？希特勒喜欢狗，然而喜欢狗的人并不个个具有希特勒式的元素。

我极喜欢搬家，每次收拾行李从此街此家走往彼街彼家都有一种实实在在的幸福感，但不能因而说我这个人多么 active(主动)。莫如说相反：我极端讨厌改变生活习惯改变对事物的评价。讨厌改

变麻将桌的位置，讨厌改变酒馆的梯子，身上的衣服几乎同十五年前没什么两样，但唯独喜欢搬家。

搬家的好处是什么都能“了结”。左邻右舍、人情往来以及其他种种日常琐事一瞬间统统烟消云散。这种快感品尝到一次就再也忘不了。我有个朋友，打麻将每次大满贯的时候就道一声“推倒重来”，一脚踢翻桌子——作为心情和这个差不多。夜奔乃搬家的基本原型。

这以前我搬了很多次家，住了很多地方，接触了很多人，次次“了结”一切，直至今日。

搬家杂记(2)

这本杂志只在关东卖[1](卖没卖呢，不大清楚)，要对关西做地理说明是很烦的，有时间的人请看地图。

从我懂事到高中毕业只搬过两回家，这让我一肚子意见，很想多搬几回。

而且这两回搬家，作为直线距离不过是在一公里的地域内移动，简直算不上搬家。从兵库县西宫市夙川西侧搬去东侧，又搬去芦屋市芦屋东侧，如此而已。

以东京来说，也就是从新宿的三越搬去“我的城市”(MY

1 《日刊打工新闻》除关东以外，还在关西、北海道、中部、九州四个地区发行。——原注

CITY）再搬去新宿御苑那样的距离，所以我也不曾转学。

过去我就对转学生怀有憧憬之情。念小学时每有转学生就编写“再见文集”，“惠美子，走远了也请来信”、“经常在沙坑里把你摔倒，对不起啊”——把这样的作文编在一起交过去。少了一个孩子，那个座位总要孤单单地空一段时间，我偏偏喜欢那样的场景，险些喜欢出病来。

新的转学生进来也妙得很。挺可爱的女孩有点儿神经质啦，没新课本和同桌看一本书啦，这样的情形很让人兴奋，感觉就是“简直绝了”。

尽管朝思暮想，但我却一次也没能转成学。这种少年时代未得满足的心愿，在过了十八岁之后以“搬家”这一宿命形式找到了我头上。详情下回再说。

搬家杂记（3）

我上大学是在一九六八年，最先住的是位于目白的学生寮——现在也还在椿山庄的旁边，路过目白时不妨瞥上一眼。

我在这里住了半年，那年秋天因品行不端被撵了出去。经营者是铁杆右翼，寮长是毕业于陆军中野学校的汉子，满脸凶相，我这样的人不被撵出才怪。时值一九六八年，正是闹学潮的时期，我也正血气方刚，很多事都让我愤愤不平，有时因担心右翼学生偷袭，睡觉时枕下还放了把菜刀。

不过，由于有生以来第一次独自生活，每天过得十分开心。一般每到晚上就跑下目白坡路，在早稻田一带喝得烂醉。每喝必醉。当时人不机灵，没办法不烂醉如泥。

醉了有人做担架抬回学生寮。那个时代做担架着实方便，因为标语牌竖得铺天盖地，从“粉碎日帝”和“阻止核潜艇进港”等标语牌当中随便选一个拔下来就可把醉汉抬回去。快意得很。

一次标语牌在目白坡路上断裂开来，脑袋狠狠摔在石阶上，痛了两三天。

另外有时也半夜去偷日本女子大学的标语牌。那东西偷来也没什么用，反正就是想偷。结果被警察追得抱头鼠窜。

回想起来，那时候每星期都要给警察例行公事似的盘问一次。时代昏天黑地，我想必也面目可憎。近来再也没有盘问了，我甚至忽然心想，不给警察盘问，人生是不是要玩完了？

搬家杂记（4）

被撵出目白学生寮后，我搬到练马寄宿。是早稻田的学生科给找的最便宜的房间。三张榻榻米大小[1]四千五百日元，不要定金和礼金。这个绝对便宜。不要定金礼金别无二处。

地点距西武新宿线都立家政站走路约十五分钟。四周是俨然画在画上的萝卜地。我由衷地赞叹：东京竟有这样的地方！不说别的，“都立家政”这站名就特不像话，显然是马马虎虎勉强取的名字。什么“都立家政”，只听一遍根本莫名其妙。

现在如何不晓得，在当时的印象中，那里只是建在萝卜地上

1　一张榻榻米的面积比一张单人床稍小。

的小镇。

地上黑乎乎湿漉漉的，冬天冷得要命，加上和女孩子闹起了别扭，练马时代对于我是颇为黯淡的岁月。

学校几乎没去，在新宿一家通宵营业的酒吧打工，其余时间一直泡在歌舞伎街的爵士乐酒吧里。

提起爵士乐酒吧，我喜欢“Willage Gate”和“Willage Vangard”这些若明若暗的，但和女孩去的时候，还是“Dugont”和“Old Blind Cat”之类合适。这么说来很有些倚老卖老的意味，不过那的确是个爵士乐刻骨铭心的时代，好也罢坏也罢。

记得《连续杀人魔事件》中的永山则夫[1]当时也住在都立家政，还在“Vangard”打工来着。

我差不多有十年没坐西武新宿线了，但由歌舞伎町至西武线至都立家政的日日夜夜至今仍粗拉拉活生生地留在自己体内。在这里从一九六八年秋天住到第二年春天。

---

1 日本著名案件的主人公。1949 年生于北海道，二十岁因连续杀人被逮捕，在狱中发奋学习，深入发掘自身的犯罪根源，发表了《无知的泪》等作品。1994 年因作家佐木隆三发表长篇小说《死刑犯永山则夫》而引起社会关注。1997 年被执行死刑。

搬家杂记（5）

在都立家政黑乎乎的三榻榻米房间里住了半年，实在住得忍无可忍，于是再次搬家。那是一九六九年春天的事。因为家具行李什么的几乎没有，搬家简单至极，把被褥衣服餐具往小汽车行李厢里一扔就算准备完毕。人生就该如此。

这回住的是三鹰一座简易公寓。住够了一家挨一家的杂乱地方，所以决定搬来郊外。

六叠带厨房七千五百日元（便宜啊），位于二楼的房间向外鼓出，原野环绕，阳光灿烂。离车站远，说不便自是不便，但空气清新，几步就可走到武藏野那原封不动保留下来的杂木林，委实妙不可言。

由于心情愉快，遂从当铺里买来旧长笛练习。结果隔壁一个酷

似釜范弘[1]的吉他少年叫我“吹赫尔比·曼[2]”，于是天天吹《孟菲斯地铁》。这么着，在我的记忆中，提起三鹰就是《孟菲斯地铁》。

此外，说起当时的记忆，只记得一副乳罩飞上天空的情景。乳罩真能飞上天空？当然不能，被风吹上天去的罢了。

那个夜晚风非常厉害，我踉踉跄跄地走在公寓附近的路上，忽见一白色物件飘飘然飞了起来。莫非白鹭什么的？细看之下，原来是乳罩。

曾经目击乳罩飞上夜空的人想必知道，那光景的确异乎寻常。难以置信的意外性和空气力学运动的诙谐性融为一体，分外赏心悦目。

1 日本作曲家（1939— ）。

2 美国爵士长笛演奏家（1930— ）。

搬家杂记(6)

我这人绝对不写日记，惟独住在三鹰那一时期不知何故写了一点。不是什么了不得的日记，不外乎吃了什么、看了什么电影、见了谁、那码事干了几回之类。不过，事后回过头去读读还蛮有意思。

看一九七一年那部分，晚报十五日元，《平凡Punch》[1]八十日元，牛肉二百克一百八十日元，"hi-lite"香烟八十日元，可乐四十日元，大体为现今物价的一半。

这年一月三日和五日下了雪。一月三日积雪达十厘米之厚。此

1 日本的男性杂志，已停刊。

日在三鹰大映电影院看两片连放的影片：山下耕作[1]的《升龙》(好片)和渥美麻里[2]的《好东西送给你》(好片名)。五日在新宿名画座电影院看《奔向太阳》和《逍遥骑士》(*Easy Rider*)。看《逍遥骑士》已是第三遍。

一九七一年那年学潮高峰大致已过，斗争开始转向实力抗争，内部勾心斗角，让人心烦。于是我每天或同女孩幽会，或看电影，活得松松垮垮。所以，无论如何我都很难指手画脚说如今的男孩如何如何。人这东西不是为大义名分、为永恒真理、为精神升华而活着的，而是为了同可爱的女孩幽会，为了好吃好喝寻欢作乐，如此而已。

年纪大了回头看去，倒是觉得自己的青春未免过得太紧张了。但实际不然，都活得吊儿郎当，满脑袋荒唐念头。

看过去的日记，那样的气氛每每扑面而来。

---

1 日本电影导演 (1930—1998)。

2 日本电影演员。

文京区千石和名叫彼得的猫

在三鹰那座简易公寓住了两年，之后搬到文京区名叫千石的地方，小石川植物园附近。

为什么从郊外一口气返回市中心呢？因为结婚了。我二十二岁还是学生的时候就住进了老婆的父母家。

老婆父母家开卧具店，从那里借了卡车把家具搬来。说是搬家，其实只有书和衣服和猫。猫的名字叫彼得，是波斯猫和虎猫的混血，公猫，狗一般大。

开卧具店不能养猫，老婆家叫我别把猫领来，但我怎么都割舍不下，最终一起领来了。

老婆的父母嘟囔了一阵子——一如对我——但后来不再坚持

了。两人无论对什么都能轻易妥协，这点让我非常感谢。

然而彼得直到最后都未能适应城里生活，最伤脑筋的是老把附近商店里的东西接二连三叼回家来。

当然它本身丝毫没有犯罪意识。因为它生来至今在三鹰树林里整日不是抓鼹鼠就是追小鸟。见东西就叼，理所当然。

对猫自是理所当然，但作为我却处境甚为艰难。一来二去，猫好像也逐渐发生了价值观紊乱，得了慢性神经性痢疾。

最后彼得送给了乡下一个熟人。那以后再未见过。听说老是钻在附近的树林里，几乎不回家。如果活着，该有十三四岁了。

文京区千石的幽灵

接着谈文京区千石。

我白住白吃的老婆娘家的房子建在往日德川家[1]府邸的一角。但这一角位于院子极偏的地方，又很小，没有任何来由可言。

糟糕的是——不知怎么说好——房子其实建在过去的地牢上面。就是说，房子下面是地牢遗址，当然有幽灵出没。

一开始我蒙在鼓里，只觉得总有些暗幽幽潮乎乎的。半夜去厕所，那气氛叫人分外不是滋味。

老婆时不时看见幽灵。虽说是幽灵，但并不以人形出现，而仿

1　建立德川（江户）幕府的德川家康家族。

我也想看幽灵

佛一个白色团块，在屋子里忽悠忽悠盘旋一会后钻进墙壁不见了。我没看到过，详情说不明白，总之大致是那么一种感觉。

说起来，我从没见过什么幽灵、什么UFO[1]。看来我身上感知灵异的能力已经荡然无存了。

我又不是很想见识幽灵，所以这样的能力没有了也毫不碍事。只是不大像艺术家。

我认识的一个画家一年到头总是看见幽灵。此人无论相貌还是画风均妖气弥漫，感觉上绝对是艺术家。而我在有幽灵出没的房子里住了一年居然一次也没目睹，走到人前实在抬不起头来。

以画风推断，安西水丸君怕是见过幽灵的吧？

果真如此，我可是喜不自胜，但到底是不是呢？

---

1 unidentified flying object 之略，不明飞行物，飞碟。

国分寺

毕竟不能总在别人家白吃白住，于是我离开老婆娘家，搬到国分寺。

一开始我觉得找工作也未尝不可，转了几家有关系的电视台，但工作内容委实无聊至极，遂作罢。干那个还不如自己一个人开一家小店正正经经做事——亲手选材料、亲手做东西、亲手端给客人。不过说到底，我所能做的无非开一家爵士乐酒吧。我就是喜欢爵士乐，想干多少跟爵士乐有关的工作。

资金么，我和老婆两人打工攒了二百五十万，另外二百五十万问双方父母借。一九七四年的事。在当时的国分寺，有五百万可以在相当不错的场所开一家六七十平方米的很够档次的酒吧。即使是

想在国分寺开爵士乐酒吧

几乎没有资本的人，努力一下也未尝筹集不到五百万资金。就是说，没多少钱而又不想上班的人，动动脑筋也能够自己做起买卖来。便是那样一个时代。在国分寺我开的酒吧周围，到处是这种人开的快乐小店。

可是现在行不通了。国分寺和国立一带地价涨了很多，建筑费也上涨，想在车站附近开一间六七十平方米的多少时髦些的店铺，估计至少需两千万，而两千万无论怎么看都不是普通年轻人能筹集得来的。

如今既没钱而又不想上班的青年到底走怎样的路呢？毕竟我曾是其中一员，现在死气沉沉的社会状况让我十分担心。逃路越多越是好社会，我想。

大森一树

大森一树君是我的校友——同在兵库县芦屋市精道中学读书，比我低三届——也是我那本小说《且听风吟》搬上银幕时的导演。此人貌似猛兽，喝酒方式如流浪汉，衣着污秽，说话粗声大气，但人可是个好人。至少不是什么坏人（不过这么说也不像是表扬）。

大森君时下住在芦屋市平田町一座公寓里，似乎没有工作，白天抱着婴儿在附近海边散步度日。可怜啊可怜！若是小说家，没有约稿可以独自孜孜矻矻写小说，而电影导演则不成，他要资金，要人，要器材。

前几天见到他出现在唱机刊物《工艺学》(*TECHNICS*) 的广告上，我说"蛮厉害的嘛"，他说："你还是个没离奶嘴的孩子。再说又

没捞到唱机什么的……”

这松下电器也是，给大森一树一部唱机不就得了！不过广告行业的事我不清楚，话不好说。或许因为没有唱机不能放童谣唱片，大森一树今天才背着婴儿，在芦屋海岸上口哼童谣来回踱着方步。

这样的人出现在自己公司产品的广告上，松下电器也难免睡不安稳。唱机应该给他一部，不就一部唱机么！

这还不算，大森君今年的计划全泡汤了，一副失魂落魄的样子。有消息说他和长谷川和彦两人在哪家杂志上搞了个十分伤感的对谈。前面也说了，他人并不那么坏，请给他写封春光明媚的信可好？若寄来《打工新闻》，可以转达。

地铁银座线的黑暗

来东京城里，最吃惊或者说最感动的是坐地铁银座线。坐过的人想必都知道，银座线列车进站前一两秒钟电灯统统熄掉，车厢一片漆黑。反过来说，变得漆黑即可得知“噢，到站了”。

但是，生来头一次坐地铁银座线的人就搞不清怎么回事了，在变黑那一瞬间首先想到的是“事故！”而地铁事故又是非常危险的，不免心里陡然一惊。然而下一瞬间车厢再次灯火通明，列车若无其事地风驰电掣，稍顷进站停下，一颗心于是放回肚里。

不过那时我最为惊讶的是其他乘客毫不惊慌、毫不畏缩、毫不动摇。以常识分析，地铁车厢突然变黑——尽管只是一瞬间——该有小女孩大声惊叫老年人狼狈摔倒等场景出现。然而任何人都不动

地铁的黑暗

声色。不仅如此，还好像连变黑都未觉察到。

于是我大为感慨：东京人真个坚强真个冷静啊！

不用说，乘坐几次之后，我发现那并非事故，而是家常便饭。一旦恍然大悟，我觉得自己简直傻气透了。

跟班上同学谈起，对方告诉我："不过嘛，变黑的时候乘客中可是有几个人眼睛发光的，那都是日比谷高中的学生。下次注意看看！"

那当然是胡扯。不过明白是胡扯也花了好几天时间。过去我是相当老实的青年。

双排扣大衣

我中意双排扣大衣，十三年来穿的一直是同一件。是 VAN 夹克厂出品的，炭灰色，买的时候一万五千日元。自那以来每到冬天就穿它挡风御寒。

那期间世上流行的大衣简直五花八门：长及踝骨的大衣、阿富汗针织大衣、皮夹克式大衣、毛皮大衣、牧场大衣、运动短大衣、水兵短大衣、羽绒大衣。而我自始至终穿的是双排扣大衣，被大家奚落得好苦，但我都忍过来了。

然而，世道好像终于转完了一圈，今年身穿双排扣大衣的人多了起来。

看一月号《男士俱乐部》，那上面就今年何以流行双排扣大衣

我中意双排扣大衣
瞧你，又是双排扣大衣

说得头头是道:

双排扣大衣近年来所以遭到冷落，原因有两点。一是如今暖气普及，沉重的呢绒大衣为人们敬而远之，二是轻便暖和的加厚羽绒大衣普及了。而今年所以突然卷土重来，则是由于“人们未必只满足于便利性和功能性”。

如此条文缕析的解释，看得我不由一拍大腿:“嗬，原来如此！”

我特别喜欢这类“时下何以流行 ××”的报道，每次读到都深受鼓舞——这个社会决没有盲目地四处乱闯。只要认真思考，将来的事情也并非就一团迷雾。

对了，今年可得买一件轻便暖和的羽绒夹克了。

体重的增减

有的东西虽然不贵，却顾虑重重一直未买，就我来说那就是体重秤。总想买一个，但实际去商店一看，不是看不中其样式就是嫌拿着麻烦，一次次拖了下来。

加之自己的体重稳定在六十到六十一公斤之间，身体又没什么不适，因此并非必需之物，只是有比没有方便罢了。

如此一来二去，今年秋天从一个地方白得了个体重秤。遇上这等事自然乐不可支。幸亏一直没买忍到现在！毕竟体重秤有两个也没什么用。

这么着，当即称了大家的体重。猫 A 三点五公斤，猫 B 四点五公斤，我六十一公斤。

噢，噢

体重秤这玩意儿甚是有趣，称了一次就上瘾，一日之中我踩上去十多次。

细量之下我才发觉，人的体重一日之内也有一公斤至一点五公斤差异。

无须说，吃饭就增加，排泄即减少。晚间躺下时和早晨起来时体重约差一公斤。另外，夏天以五分钟跑一公里的速度跑五公里减少五百克，跑十公里差不多减少一公斤。不过这几乎是出汗造成的，补充水分后体重基本恢复。

还有一点，因工作关系进城去见不愿见的人，会瘦掉一公斤。非常微妙。

这个秋天我的体重最高六十四公斤，现在五十八公斤。基础性减肥和轻度跑步坚持一个月可瘦掉五公斤，怕胖的人但请努力。

电车[1]与电车票(1)

我这人动不动就弄丢电车票，从小这样，现在还这样，到站出检票口时每每找不着票。

大衣袋、裤袋、衬衣袋统统翻个底朝天，但票就是不见。究竟跑哪里去了呢?

乘电车当中我并没搞什么名堂，只是老老实实在座位上呆愣愣地看袖珍本，碰都没碰那个本该装票的衣袋，然而票不翼而飞了。什么缘故呢？一个谜。

并且这样的事不止一次，而是屡屡发生。这样子，只能认为我

1 指电气列车。

奇怪呀

周围什么地方有个专门吞食车票的黑洞。

这倒也罢了。问题是一个老大不小的男人在检票口旁边上上下下翻衣服口袋实在不是什么赏心悦目的场景。老实说，丢人现眼。尤其是把口袋里的东西放在搁板一一检查的情形——“喏，这是钱夹吧……手册吧……纸巾吧……”只能称之为惨不忍睹。

每次通过车站检票口，我都会搜寻和我一样大翻特翻衣服口袋的人，但几乎从未撞见。一般人莫非就不丢票?

还有，同女孩约会时丢票更是尴尬。

“喂喂，等等、等一会嘛！”如此说着在检票口旁边上下摸索，女孩的神情就出现了微妙的变化。苦不堪言啊！

电车与电车票(2)

接着说丢电车票。

过去有人告诉我一个不丢票的诀窍。也没多复杂，总之就是每次要把票放入固定的口袋。

具体说来，就是留出裤子前面的口袋或钱夹小格袋专放车票，刻不容缓地放进去。这样票就不会丢，到站即可拿出。

但这终究是纸上谈兵。若是命中注定非丢票不可之人，依旧照丢不误。比如，人并非总穿同一条裤子，有时穿法兰绒裤，有时穿牛仔裤，有时也穿跑步短裤，况且裤袋的形状、数量、含义以至目的无不因裤而异。说起来都是“前裤袋”，实际上却是有微妙差异。还有，跑步短裤哪有什么前裤袋呢?

钱夹小格袋看起来合理，但做起来也并不容易。因为须经三道程序：①取出钱夹；②放入车票；③收起钱夹。忙的时候，做起来相当烦琐。再说在人前掏钱夹也不安全。又够难为情的：把车票一一塞入钱夹实非成年人之举。所以最终心想：这回放进裤子右边的口袋算了，记着哩，不要紧！而到站一摸，车票还是丢了。

说过好多次了——这已经是宿命了。车票这东西，不丢的人不丢，丢的人永远丢个没完。

电车与电车票(3)

再啰嗦一次丢电车票的事，第三次。

过去我认真思考过怎么才不至于丢电车票。理论上简单至极：找出一个①任何服装都普遍存在、②掏来掏去不费时间、③决不会忘记把票放在那里的地方即可。想想看。

你想不出具备这三个条件的位置吧?

袜子和鞋不行，因为有时穿拖鞋。短裤里也不行，不具备条件②。实非易事。

我经过长期冥思苦索，终于找出一个合适的位置：耳朵！非耳朵莫属。天助我也！

自那以来，我开始把车票卷起塞进耳孔。起初呼隆呼隆让人心

喳
喳
从耳中掏车票的高中生

神不定，但习惯了倒也没什么，反而能涌起“车票就在我耳中”这样一种切切实实的存在感，甚至惹人怜爱。

不明白这一感觉的人务请尝试一次。若是国电车票（当然厚纸的不成，那东西会捅伤耳朵），横二竖一折起即可塞入耳内。

同时注意别让油墨污染耳朵，别忘记把反面朝外。耳朵的绒毛发出窸窸窣窣的声响，有点难为情是吧？也可能有人痒得笑出声来。

不过，只要一想象我这个“车票入耳运动”得到全国性普及，每天清晨数万之众的女高中生从耳中掏出折成三折的电车票，这光景就让我的心怦怦直跳。这样子到底还是有什么地方不正常吧？说不清楚。

（※ 写罢这篇文章，读者来信说女高中生用的是月票。倒也是。月票是塞不进耳朵的，遗憾。）

电车与电车票(4)

再继续一次丢车票故事，最后一次。

上次写到把车票折起塞入耳内就不会丢。但是，时不时往耳朵里塞车票，就有人以极其奇特的眼神打量我，有人看我时一脸茫然，也有人厌恶地抽身躲开。

心情不是不能理解，可是票塞进衣袋也好塞进耳朵也好，说到底岂非我的自由？请别用怪异的眼神细细打量人家。我这么做也是事出有因的。

此外让人狼狈的是打盹时来验票了。“您好，验票了！”听得这么一声，赶紧从耳孔里掏出票来。结果无论列车长还是周围人全都显得大为吃惊。

吃惊倒也罢了，问题是有的列车长发起脾气来，说我把票弄脏了。

这个那个的让我好不心烦，最终塞票入耳的事也半途而废。如今我以无我无心的境界乘车——既然那么想丢，尽管丢好了！既然再怎么折腾车票都非丢不可，何必自讨苦吃呢！

不过，把丢票损失减少到最低限度的方略还是有的。什么方略呢？就是无论去哪里都只买第一站票，到了目的地再补交越站费。这样，即使丢票损失也少得多。

若有好心的站务员说一句“丢票也是奈何不得的啊，也罢”，我简直像捡了个大元宝。

情人节的萝卜干

这话说来有点晚了。二月十四日傍晚我做了个萝卜干。在西友[1]前面走过时，看见一个农家老婆婆在路旁卖装在塑料袋里的切片萝卜干，突然很想吃，就买了一袋。一袋五十日元。然后在附近豆腐店买油豆腐和普通豆腐。这家豆腐店的女孩汗毛多少浓了点儿，但人还是蛮热情可爱的。

回到家把萝卜干在水里泡了一个小时，拿芝麻油炒了，再放入切成八块的油豆腐，用调味汁、酱油、砂糖和料酒调好味道，开中

1 百货商店名。

火“咕嘟咕嘟”炖了起来。这时间里一边用盒式磁带听 B.B. 金[1]，一边用酸胡萝卜丝酸白萝卜丝加芫菁和油炸面做大酱汤。接着做煮豆腐，烤雷鱼。这便是今天的晚餐。

吃着吃着，忽然想起二月十四日是情人节，而情人节是女孩向男孩赠送巧克力的日子。这样的日子何苦“吱溜溜”喝自己做的大酱汤、吃自己做的炖萝卜干呢？想到这里，深感自己的人生窝囊透顶。这样子岂不活活成了“孝治君[2]”？巧克力什么的一个送的人也

1 美国布鲁斯歌手（1925— ）。

2 日本漫画家东海林佐田男笔下的漫画人物。

没有，就连老婆也一边说“情人节？嘀嘀”，一边闷头吃我做的炖萝卜干。

过去不然。在兵库县立神户高中念二年级时有三个女孩送我巧克力。在早稻田大学文学院时不时也有同样的事。然而，我的人生从某一时刻开始突然偏离正轨，沦为在情人节晚上做萝卜干和油豆腐炖菜之人了！如此看来，大概马上就要成为《金色池塘》中亨利·方达[1]那样的老者了。自己都不寒而栗。不行不行！

1 美国电影演员(1905—1982)。因主演《金色池塘》等影片而为我国观众所熟知。

生日

上次写到年纪大了情人节什么的就变得毫无意思，但年纪大了变得毫无意思的不单单是情人节。非我瞎说，我近来的生日也过得兴味索然。

当然不是说没得到礼物。我家太太人蛮大方，问我要什么礼物，“要什么给你买什么”，实际上也差不多都买给了我。但是细想之下，她出钱也好我出钱也好，出处都是一样。就算当时给我买了十万元的磁带收录机，到月底还不是得说：“喂喂，这个月生活费不够了！”这么一想，生日随便得到什么礼物，都全然高兴不起来。

黯然神伤。

所以今年的生日悄悄过算了，在银座买一张唱片（自己买），

糟糕
Takashimaya
高島屋
本日定休日

然后去日本桥高岛屋百货商店的特别餐厅吃个盒饭完事，我想这大概还是符合自己情况的，于是往日本桥那边走去。不料赶上高岛屋例休日：岂有此理！我是以为走到高岛屋餐厅就能悄悄过上一个像那么回事的生日，才特意步行赶来日本桥的。结果，那天我气鼓鼓地大喝啤酒，吃了满肚子的寿司，钱花了一大把。

生日第二天同我的责任编辑女士一起吃了顿饭。她比我小三岁，同一血型，同一天生日。

“过生日也没什么好事啊！”她也这么说。年纪大了，同一天生日的人如此“哗哗啦啦”聚在一起，一边互相说“过生日也没什么好事啊”，一边吃吃喝喝：我想这恐怕是最为妥当的生日过法。

姆明爸爸与占星术

上次我写到我的责任编辑女士和我是同一血型同一天生日，对此我首先介意的是我和她之间是否存在性格及命运上的共同点。幸好她是我的责任编辑，得以近距离观察。就结果而言，当然是有共同点的，但并未明显到令人感叹“难怪难怪”的地步，不外乎共同点比不同点略多一点罢了。

读《姆明》[1]，得知有个人同姆明爸爸的出生时间仅仅相差五分钟，后来成了大坏蛋；而姆明爸爸则成为一个好爸爸——看来，即使同一天生日也未必有多少共同点。

1 芬兰女作家兼画家扬松 (1914—　) 童话中的女主人公名。姆明爸爸亦为作品中的人物。

假如出生时间差五分钟……

不错，在占星术方面，时间稍差一点点都可能使许多事情变得截然不同。就我来说，大体是正午时分出生这点尚可确认，而更详细的就不得而知了。所以，求人准确占卜命运是困难的。

三四年前曾和一位熟悉占星术的著名女士坐在一起。机会难得，就咨询了并不很久远的将来。她先声明“正午之前之后是有很大区别的”，随后断言：“大概年内你将离婚！”既是命运，果真那样我也无可奈何，于是开始盘算存款的分割方案和离婚后的自身安排。如此一来二去，一年过去了。

但最终我没离婚，甚至大规模的争吵都没发生过，总的说来是极为风和日丽的一年。都说那位女士的预言百发百中，那么这次想必是正午前后不明致使命运发生了微妙错位。

假如出生时间差五分钟，没准我现在依旧独身，拥有十多个女朋友。不过也觉得怎么都无所谓。

合拍的猫和不合拍的猫

讲一个十分私人性质的事：昨天我家的猫脊梁骨错位住院了。一只年已八岁的暹罗母猫，跟我很“合拍”。

这么说也许有人不高兴——猫有“合拍”和“不合拍”两种，同钟表是一回事。唯独这点，不饲养是不会知道的。外表绝对看不出，血统也依赖不得。一句话，一定要饲养几个星期才能明白过来：“唔，这只合拍！”或者：“糟糕，这只不合拍！”

钟表可以换货，但猫不能因为“不合拍”就扔去哪里或换一只“合拍”的回来。此乃养猫时的问题点。“不合拍”也必须顺着“不合拍”尽可能好好地相处。

那么，幸遇“合拍”猫的概率能有多少呢？根据我的长期经验，

与美人的标准相同

大体三点五只或四只之中有一只吧。因此，相当“合拍”的猫是很难得的。不过，猫是否“合拍”的标准也因人而异，一如美人的标准。

这只住院的“合拍”猫原本是国分寺一家荞麦面馆养的，后来因为养不过来寄养在兽医那里，偶尔跑到了我家。由于这个缘故，总觉得它形迹可疑，一开始只打算试养一段时间，不料这家伙“合拍”到了极点。居然有这等事。

它刚来我家时二分之一岁，那时我二十六。以人的年龄来说如今它五十多了，我以人的年龄来说则三十四。在成年猫的体内，时间以约为人的四倍的速度在流逝。如此一想，令人不胜怜爱。至于人是否有“合拍”和“不合拍”的，我可就说不清楚了。

隆美尔[1]将军与餐车

过去看一本书，看到隆美尔将军在餐车上吃炸牛排的场面。

虽说是场面，但并没有很详细的情景描写，只是大约这样写道："隆美尔将军在开往巴黎的列车餐车里吃了炸牛排午饭。"而且炸牛排同故事情节也没多大关联。总之隆美尔吃了炸牛排，如此而已。

我为什么会清楚地记得这无关紧要的一句话呢？是因为颜色搭配得鲜艳。隆美尔将军笔挺的藏青色哔叽、白色桌布、刚刚炸好的浅褐色牛排、薄薄挂几道奶油的面条，以及车窗外铺展的法国北部

1　纳粹德国的陆军元帅（1891—1944），有"沙漠之狐"之称。

吃炸牛排的隆美尔将军

绿色田园风光——实际上也许不是这样，但阅读之间接连浮上脑海的便是如此颜色的搭配。正因为这一点，并无特殊意味可言的语句才会久久留在记忆库的一隅。我想这不妨称之为文章之德。总之是有外延性的文章。

譬如写小说的时候，只要以这种有外延性的句子开头，故事就会迅速膨胀。相反，若是封闭性的——纵使句子再考究再美——故事就很难展开。

这且不说。另外我看到这里的时候，非常非常想吃炸牛排。关于炸牛排如何美妙我到处写了不少，却始终得不到认可（尤其在关东），遗憾之至。

有人说什么：“哦？现在还把牛肉炸来吃吗？能好吃吗？”致使餐车食谱上一般都没有炸牛排，可惜。

炸牛排

上次谈了餐车和炸牛排，继续下文。

东京很难找到炸牛排，作为次善之策，我常吃维也纳风味牛排。

就是把小牛肉用啤酒瓶打薄打扁，抹上蛋黄，放在滚开的色拉油里炸，炸完一面炸另一面。若像炸猪排那样用普通油炸就不好吃了。

维也纳风味牛排此外还有几项规矩：炸好的肉上须放柠檬切片，其正中间放一颗缠有凤尾鱼的橄榄。还要洒上一种叫马槟榔 (caper) 的香料，淋上热黄油，配上白色面条。这都是死规矩。如此一一做毕，才可以叫道：“啊，维也纳炸牛排！”

若把这些全部省略掉，只把小牛肉炸了直接吃，那么——也许

是心情关系——就很不好吃了。总感到味道令人绝望得厉害，唯觉肉片之薄。

《音乐之声》(*Sound of Music*) 中《我的至爱》(*My Favorite Things*) 那首歌有这样一句歌词：“我爱……我爱那配有白面条的维也纳牛排”，的确如此。反过来说，我讨厌那没有白面条的维也纳牛排。

普通炸牛排则没有这么繁琐的规矩，只要找到不很厚的好牛肉，往下像炸猪排那样炸了即可。简单得很，好吃得很。我喜欢只用盐水煮的意大利面条和水芹色拉，实在够味儿。

餐车上的啤酒

接着谈餐车。

就算食谱里没有炸牛排，餐车这东西也是很不错的。怎么说呢，有一种古风犹存的餐厅气氛。吃之前和吃之后所在位置不同也让人惬意。还有，“咔嗒咔嗒”的震动声也够美妙。

餐车中荡漾着不妨称之为“临时制度”的特殊空气。就是说，餐车中的饮食并非以“充饥”为目的的饮食，却又不是为了“品味”的饮食。我们怀着介于二者之间的空漠的暂时性情思来到餐车，在饮食当中被确切无疑地拉往某个地方。说感伤也够感伤的。

餐车这种“临时制度”中，我尤其中意的是一大早就能喝上啤酒。当然哪里的餐馆早上都能喝上啤酒，但一来不大好意思开口，

二来也没那份心绪。

在这点上，由于餐车中有不少人都从十点喝啤酒，所以自己也忍不住要上一杯，水到渠成一般。

说实话，我现在（不过，到这篇小稿变成铅字，也就成了很久以前的事）正坐在函馆开往札幌的特快列车的餐车中，一个人边喝啤酒边吃晚些的早餐。火腿蛋、色拉、烤面包片，加上啤酒。火腿蛋的火腿厚得不得了。我吃过花样繁多的早餐，而这么厚的火腿还是头一遭。

旁边一位老伯吃着咖喱饭，喝着啤酒。窗外一色银白，眼睛微微作痛。咖喱饭这东西，别人一吃就显得分外可口。

在外地看电影

接着上回谈下去。在札幌逗留了三天。并非有什么事，只是顺路独自一晃儿来到这里。

那么在札幌干了什么呢？先进啤酒馆喝了三杯生啤，吃午饭（啤酒在北海道为什么这般好喝呢？），然后连看《第一滴血》和《少林寺》两部电影。接下去吃晚饭，当然又喝啤酒。饭后进爵士乐酒吧喝威士忌。次日又进电影院，看了威廉·惠勒[1]的《侦探故事》和比利·怀尔德[2]的《日落大道》以及《烈火战车》。晚间又喝酒。

---

1 美国电影导演（1902—1981）。执导有《罗马假日》等影片。

2 美国电影导演（1906— ）。执导有《七年之痒》等影片。

映
目かくし
男たちのバラード

何苦特意跑去札幌看电影呢？这个我也稀里糊涂。也真是奇怪，一去陌生地方就想看电影，迄今在日本全国各地进了很多电影院，看了很多电影。走进陌生城市的电影院看电影，电影格外能打动自己。我觉得，大概电影的乐趣在本质上同伤感是相辅相成的。

十八岁那年讨厌应试学习，从神户上船，忽悠悠去了九州，在熊本走进电影院连续看了詹姆斯·卡恩[1]出演的《大战三义河》（好电影）和洛克·赫德森[2]的《谍海群雄》。走出电影院东游西逛之间，一个女人贴上来说“五百元就行，干不干？”五百元即使在当时也便宜到家了，事情未免蹊跷，拒绝后又走进一家电影院。东映[3]厂的电影院，记得票价是五百元，心想人世真是匪夷所思。那时我已经恋爱了，实在很难相信能以看一场电影的钱干那种事。

对了，札幌有座大楼集中了十家电影院，厉害。

---

1 美国电影演员。

2 美国电影演员（1925—　）。

3 日本的电影制片厂。

比利·怀尔德的《日落大道》

接着上回谈电影。（这是无所谓的事——若以“接着上回谈”做这个专栏的标题就好了。）

说实话，我考进了早稻田大学文学院电影戏剧专业，学过电影，但若问我是否因而对电影特别熟悉，则没那么回事，对电影的理解能力也不比别人强。如此想来，高等教育似乎意义不大。

进早稻田电影专业的好处是可以不怎么用功。电影专业有一门课用英语读《爱森斯坦[1]的蒙太奇论》，需要预习。但学生认为学了理论也弄不懂电影，根本不学。那么干什么呢？一大早就逃课看电影。

1　苏联著名电影导演（1898—1948）。代表作有《伊凡大帝》等。

虽说逃课，但因为是电影专业的学生，所以看电影也是名正言顺的学习，无可厚非。

这么着，学生时代不知看了多少电影。一年不止看二百部。当时还没有*PIA*[1]那种杂志，光是找电影院物色想看的电影就够辛苦的。

看电影的钱没有了，就跑去早稻田总部的“演剧博物馆”一本接一本看刊载脚本的旧电影杂志。脚本那东西一旦看上瘾是非常有趣的。

若是没看过的电影，就顺着脚本在自己脑袋里摄制属于自己一个人的电影。上回写的比利・怀尔德的《日落大道》对于我也是如此的一部。所以看到它的时候，尽管是第一次看，却大有似曾相识之感。

1　日本介绍电影、音乐、体育等方面最新信息的杂志。

蚂蚁 (1)

蚂蚁实在是了不起的动物。不是奉承，是真的了不起。我一向喜欢看蚂蚁，有时间就仔细地看个没完。前几天也看来着——在家附近等公共汽车的时候，因为脚下一群蚂蚁正在拼命筑巢，就目不转睛地看了十五分钟。

众所周知，蚂蚁这种动物是在地下挖洞筑巢的。这点大凡看过电影《大逃亡》的人都知道，事情相当麻烦。那么，蚂蚁是怎么做的呢？说来倒也简单——每只蚂蚁用前脚抱一粒沙运上地面。在我眼里是极其辛苦的劳作，但蚂蚁这东西大约天职就是劳作，这个不说也罢。

我所佩服的是沙粒的堆放方式。具体说来就是：把沙粒搬上地

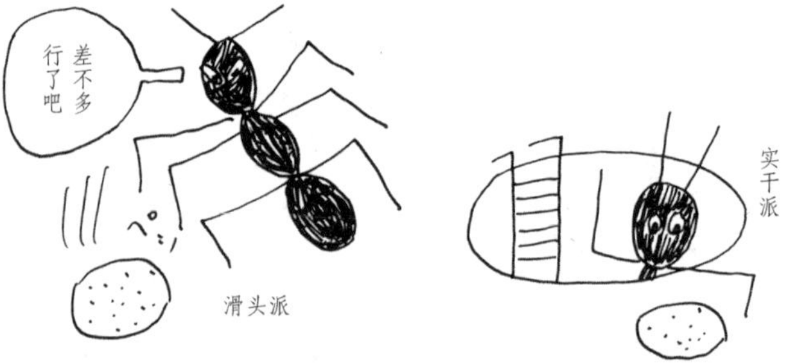

面的蚂蚁决不把沙粒一下子扔在附近就转身撤回。若是那样，洞口周围早就堆出沙山造成诸多不便了。蚂蚁对此一清二楚。所以，蚂蚁们出洞后走远三五十厘米，物色适当位置把沙粒放下，然后才返回洞去。“物色”这一感觉是从蚂蚁的背影渗出的，在旁边看时会不由生出好感。

不过，也不是所有蚂蚁都这样，其中也有把沙粒往洞口旁边一扔了事的滑头。蚂蚁社会也良莠不齐。但细想之下，也大可不必所有成员都把沙粒运去远处。从均匀播撒这一观点来看，即使在洞口附近轻撒一点儿也是毫不碍事的。假如一只只蚂蚁是在如此判断情况之后如此按部就班干的，那么蚂蚁到底是了不起的动物。

蚂蚁（2）

上次说蚂蚁很了不起。但另一方面，仔细观察蚂蚁这种动物的时间里，会渐渐生出恐惧。为何生出恐惧呢？因为它们住在洞穴里，集体行动，默不作声，无论观察多久都全然弄不明白蚂蚁到底在想什么。

过去有部电影叫《蚂蚁帝国》，表现蚂蚁如何因核试验而变成庞然大物向人类发起攻击。那样的场景光是想象一下都不寒而栗。倘若受到狮群的攻击，那么只能听天由命；而遭受蚁群袭击被它们用麻痹毒液狠狠蜇一下，就势长拖拖地拽进黑乎乎的洞穴，成为浑身滑溜溜的女蚁王的美食——想到这里，我从心底感到恐惧。死自是无可奈何，但不想死成那个样子。

也是在电影中看到的：一个人被非洲土著人活捉后，身体柔软部位涂满蜂蜜被绑在蚁穴附近。

“身体柔软部位”这个说法——怎么说呢——委实非同一般，由此可以活生生地想象出蚂蚁们黑压压地围上来一口接一口吞噬那柔软部位的场景。这也把人吓个半死。这样的死法也绝对不成。我可不愿意身体柔软部位给蚂蚁吃了。

我小时候这类离奇古怪的电影相当不少，大多是在偏离中心区的二号馆和三号馆看的，但结果很叫人开心，比在别致漂亮的试映室看还有气氛。

此外还有《塔兰托毒蛛[1]》等几部表现核试验巨形生物的电影。巨形蜘蛛也浑身是毛，让人看着反胃。可以说，粘在巨形蜘蛛网上也是令人厌恶的死法之一。

1　一种分布于意大利等地的毒蛛，又名狼蛛、舞蛛。

话说蜥蜴

上次就蚂蚁啰嗦了一通，这回谈蜥蜴。

我家算是（莫如说正是）地处乡下，四周有好多好多蜥蜴。以形体观之，蜥蜴不属于怎么讨人喜欢的那类动物。但不是说它明显加害于人，况且又吃虫子，细瞧之下还多少有腼腆之处——性格绝对不坏。

可是，家里养的两只猫偏偏喜欢——比一日三餐还喜欢——捉弄蜥蜴，动不动就拿蜥蜴寻开心。蜥蜴吃不消，当即弄断尾巴逃跑。自然界也真是不可思议。猫十回里有十回不追蜥蜴主体，而只对断掉的尾巴情有独钟。何以如此我自是不明白，总之猫在断掉后一动一动抽搐着的尾巴的魅力面前绝对束手就擒。于是蜥蜴得以一代代活命下来。

所以，直到最近我都以为蜥蜴不是等闲之辈。不料这两天翻阅杂志，上面写道蜥蜴自有蜥蜴催人泪下的辛酸。

原来，丢了尾巴的蜥蜴很受同伴欺负。没尾巴的蜥蜴只因没尾巴便低了一等，地盘被削掉一半，雌蜥蜴也报以白眼，在尾巴完全长好之前日子万分难熬。

看罢这段文章，我觉得蜥蜴实在是可怜的动物。明知失去尾巴要受同伴的气，还是不得不弄断尾巴从猫那里逃跑——这种可哀的性格在蜥蜴在人都是一样的。往后再不要开玩笑扯蜥蜴的尾巴了，要以更温存的目光守护它才是。

话说毛毛虫

说了蚂蚁，说了蜥蜴，这回说毛毛虫。感到不快的朋友就请别看了。

我家附近路旁有很多樱花树，春天自是美不胜收，但五六月间毛毛虫多得惊人。本该在那之前勤喷杀虫剂，可是我住的船桥市——非我信口开河——市政搞得一塌糊涂，直到初夏毛毛虫倾巢而出了才一齐杀虫。结果不用说，大街小巷全是毛毛虫的尸体。没见过的人大概无从想象，场景的确怵目惊心。

去年夏天，一天早上六点左右，在散步路上碰到了杀虫剂喷洒车。因为刚搬来不久，弄不清搞何名堂，正慢悠悠走在路旁樱花树下，但见樱花瓣一般的白色东西从头顶“哗啦啦”落将下来。什么呢？

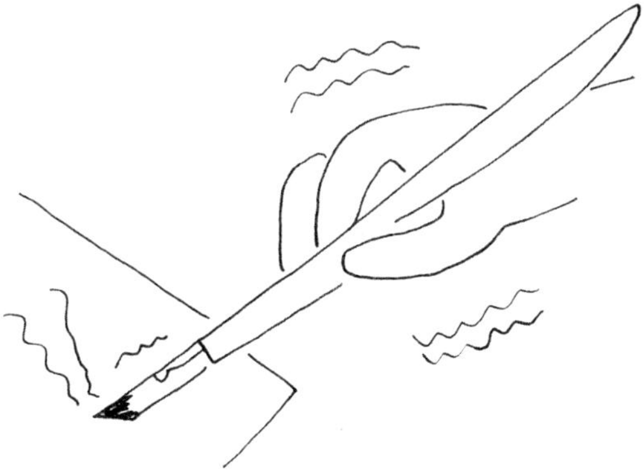

村上君够怕人的(水丸)

仔细一看，原来是毛毛虫。数万之众的毛毛虫像地毯一样在路面缓缓起伏，上面又有新毛毛虫接连泻下。

我很想大声控诉：如此野蛮的活计不能风风火火说干就干！早上外出满路都是毛毛虫，岂不活活成了恐怖电影？为什么不能用广播车或其他什么提前通知“明天早上喷洒杀虫剂”，提醒大家注意？

还有一件，市里在我家对面草丛杀虫时，有大小几百只毛毛虫穿过路面朝我家院子大举进攻，那时也够怕人的。

讨厌毛毛虫的人千万别住船桥市。花生酱倒是十分可口……

豆腐（1）

这个专栏一直由安西水丸君画插图，我曾尝试以极难极难的主题让安西君画，不料等他画完一看，竟丝毫看不出吃力的痕迹。虽说举重若轻才成其为行家里手，但多少显露一点为难神色让人幸灾乐祸一下也未尝不可嘛，此乃人之常情。

所以这阵子试以“在餐车上吃炸牛排的隆美尔将军”为题写了篇文章，可他还是好端端画出了隆美尔将军正在吃炸牛排的插图。

于是我思忖，归根结底，正因为我想出难题，才永远不可能难倒安西水丸。比如即使我以“八爪鱼和大蜈蚣厮打”或“温情脉脉地注视正在刮须的卡尔·马克思的恩格斯”为题，安西画伯[1]也肯定

1 日本人对著名画家的尊称。

冷豆腐图

能三两下交出画稿。

那么如何是好呢？如何才能难倒安西水丸呢？答案只有一个：单纯性，例如豆腐什么的。

新宿的酒馆中有一家做的豆腐极好吃。我跟人去的时候由于太好吃了，一口气吃了四块。酱油啦葱花啦等等一概不要，只“吐噜噜”干吃雪白滑嫩的冷豆腐。真正好吃的豆腐根本无须多余的调味品。英语大概称作“simple as it must be[1]”。据说是中野一家豆腐铺专门为饮食店做的豆腐。不过近来好吃的豆腐明显少了许多。出口汽车固然是好事，但减少美味豆腐的国家结构在本质上我认为是扭曲的。

1 意为“简洁”。

豆腐（2）

继续说豆腐，以便用构图的单纯性难倒安西水丸氏。

说实话，我狂热地喜欢豆腐。只要有啤酒、豆腐、西红柿、毛豆（在关西再加上海鳗），夏日傍晚便是天堂。冬天则是热豆腐、油炸豆腐、汤炖烤豆腐，反正春夏秋冬一天两块豆腐。如今家里不吃米饭，豆腐实质上等于主食。

所以朋友们来我家，端出晚饭时全都惊呼："这就是吃！"因为只有啤酒、色拉、豆腐、白切鱼、大酱汤。饮食生活这玩意儿，说到底就是习惯问题。这类东西吃多了，就觉得理应这么吃，吃普通饭菜倒让胃难受。

我家附近有家十分可口的手工豆腐铺，实在难得可贵。上午出

听说大村益次郎那个人也喜欢豆腐
我尤其喜欢热豆腐
我也喜欢(水丸)

门去书店或唱片出租店或娱乐中心，在荞麦面馆或意大利面馆吃午饭，买晚饭材料，最后买豆腐回家——我的一天就是这样安排的。

吃可口的豆腐有三个诀窍。首先一个是在地道的豆腐铺买豆腐（超市不成），其次一个是回到家马上泡在水碗里放入电冰箱，最后一个是当天买当天吃。所以，豆腐铺必须就在附近，远了很难一次又一次去买。

不料一天我一如往常去散步，途中顺便到豆腐铺一看，眼前落着铁帘门，上贴一张纸写道“出租”。

总是笑眯眯和蔼可亲的豆腐铺一家突然关门去了哪里。我以后的豆腐生活将面临怎样的命运呢?

豆腐（3）

巴黎的主妇不多买面包，现吃现买，吃剩的扔掉。我认为吃饭这事情不管谁怎么说都应该是这个样子。豆腐也不例外，只吃刚买的，不吃什么隔夜的，这才是人的正当想法。那种嫌麻烦而吃隔夜豆腐的念头，招致的结果就是防腐剂和凝固剂等掺进了豆腐里。

豆腐铺也一样，只有这么想，才会一大早四点钟就爬起来抓紧制作好吃的豆腐，以便赶上人们做早饭大酱汤的时间。然而人们早上都吃面包（我家也如此）或使用加入防腐剂便于保存的豆腐，豆腐铺自然也就没了积极性。于是真正考究的豆腐铺一家接一家地从街上消失了。

说到底，如今早晨四点就起来干活的勤快人已经没有了。

不就是豆
腐吗

提起豆腐，小时候京都南禅寺一带的热豆腐好吃得无可形容。现在南禅寺的热豆腐也“舒舒服服”地彻底沦为旅游项目了，而过去的味道在总体上要更为质朴和实在。

父亲的家在南禅寺附近，我经常沿着水渠散步到银阁寺，坐在那里的豆腐铺院里一边一口口吹气一边吃很热的豆腐。怎么说呢，类似巴黎街头露天点心铺那种专门为普通老百姓准备的简简单单的素食。

所以，我是觉得近来一套豆腐菜要五千日元未免出格离谱。不就是豆腐吗?

话虽这么说，但豆腐仍在咬紧牙关坚守阵地。我特别喜欢豆腐的这种表现。

豆腐（4）

豆腐最好吃的吃法是什么？闲下来我曾这么琢磨过。答案只有一个：性事之后。

呃——，有一点我得事先声明，这纯属想象，并非实有其事。你若当成经验之谈可就麻烦了。一个假设。

情形首先是这样的：一天下午在街上闲逛，一位年龄三十五岁上下的颇有姿色的太太愕然地看着我的脸。怎么回事呢？正想之间，她领着的一个五六岁小女孩跑过来叫了声“爸爸”。听太太解释，原来她去年去世的丈夫长相同我一模一样。

她对小女孩说：“喂喂，这位不是你爸爸。”但小女孩仍拉着我的手不放。

先吃这块豆腐

对此我也并不讨厌，就说：“那么就给你当一会儿爸爸吧！”于是一起在公园游玩。玩着玩着，小女孩玩累了，睡了过去。

这么着，往下就像水到渠成似的，我把两人送回家，顺便同那位太太云雨一番。事情结束已是黄昏，门外“叮铃叮铃”响起豆腐铺老板的自行车铃声。女子一面整理头发一面朝外面打招呼，买了两块嫩豆腐，往一块上面放了葱花和姜泥，连同啤酒端给我：“先吃这块豆腐垫垫肚子，我这就准备晚饭。”

这块先垫肚子的豆腐的姿色简直没得说的。看来，我的想象一定要先从物色一位太太——去世的丈夫和我长得一模一样的太太——开始。我的艳遇恐怕只有如此想入非非才能实现。

话说辞典（1）

世上难题多多，重买辞书、辞典、地图册、地球仪之类也是颇有难度的活计。仅拿地图来说，十五年前的和现在的就相差许多。越南十五年前还是南北两个，阿拉伯酋长国那里国名也换了几茬。可是若问是否及时重买地图了呢，则并未重买，仍然一拖再拖地用老地图凑合。何况世界地图这东西也不是常用的东西。不知幸与不幸，须特别细细查看越南和阿拉伯小国的机会总是找不到我头上。

地图都是如此情形，至于五十册一套的百科全书，我想更不会有多少人认真到一生中一再重买的地步。百科全书出版社经营得半死不活也是不难理解的。

搞翻译的时候，我在案头摆放着大中小三种英日辞典和两种英

英辞典分别使用，其中有一本是研究社的《新简约英日》，是我上高中时买的，差不多用了二十年，用起来非常顺手。

只是伤脑筋的是，辞典正中间那里少了四页。这不是辞典不好，是我不小心弄没的。因此总想重买一本同样的，但“只是两千一百五十页中才缺四页”，稀里糊涂之间就把缺页的事忘得一干二净，几个月才觉察到一回：“啊，对了，这里不见了！”

倒不是我心疼钱，问题是重买辞典是需要很大勇气的。

话说辞典（2）

辞典常有插图。我极喜爱插图。虽说是插图，但其目的不在于让读者看起来赏心悦目，而只是为了正确传达语义。

以研究社的《新简约英日》为例，pergola 释义为“藤架、凉亭”。但仅仅这样，读者的印象还不够明确，所以就在“藤架”下端实际画一个 pergola。一看图，就知道立柱是圆的，藤架下面有长椅，地面为石板。椅子上有年轻男女手拉手坐着。男的相对说来似乎积极些，女的也并不讨厌，以眼神回应，有一种“哎，别动手动脚的，一块儿躺着可好”那样的气氛。

至于如此气氛是否为 pergola 所固有，则我不得其详，反正辞典插图蛮有意思。

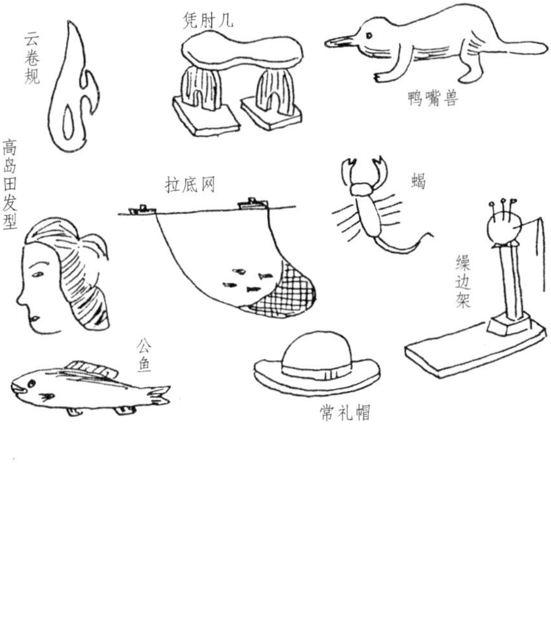

各种辞书插图

那么，索性把辞典全部弄成图如何呢——将这一想法付诸实施的是牛津建筑的《图解英日辞典》(福武书店)。我前几天刚买回来，光是“啪啦啪啦”翻翻都够开心的。局部也有相当华而不实之处，可毕竟迪斯科图和裸体图都像模像样，厉害吧?

更厉害的是有三百一十八页“夜总会”篇，插图无论怎么看是汤村辉彦的风格。另外，如狼似虎地盯着刚刚摘下 brassiere(乳罩)的 stripper(裸体舞女)的那个色鬼模样的客人，无疑是系井重里[1]。不相信的人请在书店站着翻翻，确认一下好了。顺便说一句，插图画家好像是一个名叫 Jochen Schmjdot 的货真价实的外国人。

1 日本随笔家、广告撰稿人(1948—)。

如何讨女孩欢心

近来我常想，讨女孩欢心是一件十分困难的事。我今年三十四了，自以为是和一般人一样和女孩交往过来的，但随着年龄的增长，开始深切感到讨好女孩是何等的不易。

先要声明一句，单纯讨女孩欢心并非什么难事。把她送回家啦帮她拿东西啦送合她心意的礼物啦夸奖她的衣服啦，这些连高中生都不在话下。我所说的难，是指做这样的事却又不让对方说出“春树君你可真乖”的技巧。为什么不能让女孩说出“你可真乖”呢，解释起来实在难而又难。这方面的感觉不到一定年纪恐怕是体会不出的。

过去我讨女孩欢心也屡遭败绩，恨不得叫一声：“糟糕！”至今仍清楚记得的是十七岁时的事。那时我每天乘阪急电气列车去神

户一所高中上学，一天早上在阪急芦屋川站发现一个被电车门夹住纸袋正在发窘的十分可爱的女高中生。没有人会坐失如此良机，我马上飞奔上前："我帮你拉！""啊，谢谢！"至此还算顺利。不料我用力一拉，纸袋随即一分为二，里面的东西"哗啦啦"掉在路轨上。这下子狼狈透了，再也讨不成好了。于是我搪塞道"啊、唔、对不起、抱歉"，往下交给站务员，赶紧逃之夭夭。

已是十七年前的事了。当时那位甲南女子高中的女孩，真的对不起，我并无恶意的。

胡里奥·伊格莱西亚斯[1]好在哪里！（1）

不知何故，我周围有很多女性专以相貌取人。我认为她们已年过三十，又有丈夫，何必关心男人长相，但因为胆小怕事无法说出口，心里想想而已。

我将此类女性称作胡里奥综合征患者。

在某出版社给我当责任编辑的女性也是其中一位。此人迷上胡里奥之前是伊夫·蒙当[2]迷，蒙当来日本时用卧病在床的丈夫的取款卡偷偷提出两万日元，买了票独自去听音乐会，热泪盈眶地说“管

1 西班牙著名歌手 (1943—)。在全世界的唱片发行量达二亿五千万张。

2 法国民歌歌手、电影演员 (1921—1991)。

给，一千万
对不起啊
フオーカス

什么丈夫不丈夫的”，端的十分了得。于是我猜想她有可能迷上胡里奥，果不其然，最近成了胡里奥·伊格莱西亚斯的追捧者。

她对我说：“嗳，村上君，胡里奥年收入好几百亿，家用飞机都有，别墅什么的足有一打，满世界几十个情人，这才叫精英知识分子。如何，羡慕吧？”

由于环境迥异，听她这么说，我却全然羡慕不来。满世界几十个情人，光记名字都够累人的。我一个老婆都胆战心惊，生怕说梦话说出旧日恋人的名字——胡里奥真是好样的！够细心的，肯定。

据说如果胡里奥花言巧语，她也会乖乖就范。据说这样就会成为胡里奥的几十个恋人之一，每年领取五千万日元津贴。不过，据说一年五千万也花不掉，所以要从中拿出一千万送给现在的丈夫。至于这能否算贞节妇人，我自是不知不晓——世上一般主妇脑袋里想什么，这实在超出了我的想象范围。

胡里奥·伊格莱西亚斯好在哪里！（2）

为什么胡里奥·伊格莱西亚斯能够赢得那般热烈的人气呢？这是颇有思考价值的问题。当然有长相的原因，那是典型的拉丁血统的小白脸。也有大规模宣传——简直闹翻了天——的原因。但不管怎么说，胡里奥的成功秘诀我想恐怕就在于他思想的空空如也，仅此而已。

当然，除了胡里奥，也有一大帮子大牌歌手同样思想空空如也。无论弗兰克·西纳特拉还是美空云雀[1]都难以认为具有远大的理想，尽管如此，他们的歌声仍含有直率自然毫不做作的情愫。相比之下，

1　日本著名的女歌手（1937—1989）。

喏，村上春树那个人把胡里奥写成这样
不像话
他是写得出来的
胡里奥阁下
胡里奥阁下
胡里奥粉丝的聚会

胡里奥作为那个年龄的歌手，居然达到如此惊人的彼岸境地——从大脑空空如也到歌声空空如也。没准就是这种简洁明快，才使得中年妇女们暗暗叫好。

这种倾向是好是坏我不大清楚。充其量不过音乐罢了，怕也无所谓好坏。较之到处有人说“非懂约翰·科川[1]不可”的时代，也许没人推销鼓吹这一点还是可取的。自己喜欢什么就听什么。

不过若说一句我的个人感想，胡里奥·伊格莱西亚斯那个人着实令人不快。据我迄今为止的经验，长着那么一张扁平面孔的人还没有哪个是正经货，全都是拾了钱包也不交警察那一类型。那类货色最好在户塚帆船学校关五年，不过，他们肯定因为学得快而半路变成教练揍别人。便是如此人物。

我这么一讲，胡里奥综合征女性们会充满恶意地说：“呀，村上君是这样想的吗？”被这么一说，好像我特别讨厌奶油小生似的。

1　美国黑人萨克斯管演奏家、作曲家、指挥家(1926—1967)。

三省堂书店[1]里的思考

日前在神田三省堂书店买书，有个女孩在同一交款台买我写的书。买两本书，一本是我的，另一本是什么当时倒记得，现在怎么也想不起来了。书的作者对于自己的书被人同某一种类的书搭配在一起买是极感兴趣的，所以拼命回想那个临时邻居的姓名，却横竖想不起来。奇怪。

其实在书店目睹人家买自己的书本身就够奇怪的。写第一本书的时候，出版社的人对我说："如果能在书店看到买自己书的人，

1　东京最大的书店之一，位于书店集中的神田神保町。

跟你说，我呀……
哦，真的？
PALETTE CLUB

基本就可以认为是畅销书了。”记得当时半信半疑：真是那样吗？很有些不知是蟑螂还是白蚁的味道。不过我这人不常出入书店，目睹如此光景还是头一次。

实话实说，看见有人买自己的书，心里着实高兴。书这东西非要有人看才成，不至于有哪个作家为自己的书畅销而气恼。可是也不会百分之百高兴——非我故作清高——那里边应有某种难为情剩留下来。怎么说好呢，也许比方打得不合适：心情很有点像女孩子看见别人买刊载着自身裸照的杂志。

对了，我认识的好几个女孩子在男性杂志上面刊登了裸照。哦，是她！连她都说脱就脱了！不过，我没有见过她们的裸照——杂志出版后三个月本人终于跟我挑明说：“跟你说，我么……”我觉得这怕是不大可能的。

对谈（1）

日本的杂志对谈多多。外国杂志里边，我时常翻看《滚石》(*Rolling Stone*)、《纽约客》(*New Yorker*)、《时尚先生》(*Esquire*)和《生活》(*Life*)。依我的记忆，在这些杂志上都没见过对谈。或许有一两次，但毫无印象，等于没有。

那么，为什么美国不太用对谈这一形式，而日本则一发不可遏止呢？我想——终归是我的想象——美国所以没有对谈这一类别，大约是因为把对谈看得很重。所以在不能完全赞同对方看法的情况下，他们不像日本人那样含糊其词地说什么“唔，那么说倒也像可以理解”，而势必紧追不舍：“希望您以具体例证进一步明确阐述。”这样一来，谈话就越来越长，杂志篇幅无法容纳。在这点上，日本

人到底乖觉，交谈告一段落便适可而止：“那么，在这里大致得出个结论可好？”对方于是点头称是。纯属甲唱乙随那种国民性。

还有一点，日本人搞的对谈都在清样上用红笔改来改去。就是说，讲过的话事后都要修正，一个人先把自己的部分改了，另一个人则根据第一个人的那部分修改自己的台词。这方面的配合也不容易，需要互相谦让，而细想之下，美国人是干不来这种微妙而繁琐的活计的。日本的特产并不限于丰田和松下。

对谈（2）

上回写了——或者几乎没写——为什么日本杂志对谈多而美国杂志少，继续下文。

从实利角度说，对谈的酬金不怎么高。老资格我不晓得，我这个档次的相当低，但可以招待一顿比较不错的饭。所谓不错，就是绝不会想到自己掏腰包的那种饭。酒也有，没喝够可以换一家喝第二次。以此弥补酬金之低。

若让出版社的人说，古来作家大多清贫，不对谈就吃不上好东西。因此编辑方面出于好心，偶尔让作家也享受一次。

哎呀，一针见血
那么，在这里大致得出个结论可好？
都是自己人嘛
日本人对谈场景

听得此言，我自然像椎名诚[1]那样生出感激之情：是吗，唔，原来如此好心！尽管这样，我还是希望多拿点酬金，吃饭只要啤酒和盛在笊篱上的炸虾荞麦面足矣。况且编辑口称好意，其实不也一块儿吃得热火朝天吗！

我一边嘟嘟囔囔发牢骚一边心想，这气氛其实跟“相亲”毫无二致。在高档些的饭店或餐厅的一个单间里，由编辑即媒人把两个初次见面的人拉到一起谈天说地，谈了一阵子，场上气氛缓和了，再由两人单独面谈——如此便是十全十美的相亲。区别只在于有无录音机。据说因对谈而相识的人里还真有成其好事的。到了这个境地，自然无话可说。我则一次也没碰上那等好事，可气。

言归正传。对这种“适可而止”的方式，美国的 editor(编辑) 怕是理解不了的。

1 日本小说家 (1944—)。著有《黄金时代》等。

我遇见的名人（1）

迄今为止，我没遇见几个所谓名人。为什么呢？仅仅因为我眼睛不好，没有更深的含义。眼睛不好，自然看不清远处的面孔。

即使在近处，由于我这人对周围情况不太留意，不知不觉也看漏了许多场景，所以常有熟人责怪“走碰头村上也不打一声招呼”。这样，就算碰上名人也会无动于衷失之交臂。

不过我家那位在这方面可是火眼金睛，哪怕在人山人海中也能当即扫描出名人的位置，这点我觉得恐怕只能以天赋之才称之。所以和她在一起，她总会告诉我“喏，刚才走过的是中野良子[1]”、“栗

1　日本女电影演员（1951—　）。因主演《追捕》等影片而为我国观众所熟知。

村上这家伙，走碰头也不打一声招呼
在早稻田大学时本来很要好来着

原小卷[1]在那里呢”。而等我一边问“哦，在哪、在哪”一边四下张望时，人早已不知去向。

严重的时候甚至有这样的情况——“刚才酒吧里不是山本阳子[2]坐在你旁边了么？”她本该那时候悄悄告诉我才是。

可是细想之下，看见山本阳子的真面目又有何价值可言呢？尽管如此，还是为坐失良机而觉得“亏了”。怪事！下次我想写一下迄今为止自己遇见的少数几位名人。

对了，茨城县新治郡荒川昌彦君，如您所指出的那样，六月五日您在新宿“BIZARU”门前看见的那人就是我。旁边的那个女人，所幸是我家那位。看您来信时我心里“咯噔”了一下，但还是我的老婆。

1 日本女电影演员（1945— ）。因主演《生死恋》等影片而为我国观众所熟知。

2 日本女电影、电视剧演员（1942— ）。

我遇见的名人（2）藤圭子

大学时代我在新宿一家小唱片店打零工。记得是一九七零年的事，反正是Grand Funk Railroad[1]来日本，在后乐园开音乐会那年（令人怀念哪）。唱片店在武藏野馆对面，如今已变成小装饰品店。当时还没有武藏野馆。邻楼地下室有一间名叫“OLD BLIND CAT”的爵士乐酒吧，打工之余我常在那里喝酒。

有一次藤圭子[2]到我打工的唱片店来了。但当时根本不知道她就是藤圭子。穿一件不甚显眼的黑色风衣，没化妆，小个头，蹑手

1 美国硬摇滚乐队，20世纪70年代曾风靡日本。

2 日本演歌歌手（1951—　）。演歌是日本的一种大众歌曲体裁。

那个可卖得动？
藤圭子
啊……
艷歌
男性歌手
10
本周十佳

蹑脚的样子。

现在的年轻人想必不晓得了，但当时的藤圭子如流星一般璀璨，走红歌曲一支接一支，乃是划时代的超级明星。虽说比不上当今的山口百惠，却也并非可以独自在新宿街头随便行走之辈。不料她经纪人也没带，独自一晃儿走进我打工的唱片店，面带分外歉疚的神情，微笑着问我："那个可卖得动？"笑脸十分可人。可是我全然摸不着头脑，走进里边把店长领出来。

"啊，势头不错。"店长说道。于是她又微微一笑："拜托了！"说罢消失在新宿夜晚熙熙攘攘的人流中。店长告诉我这样的情形以前也有过几次。那就是藤圭子。

这么着，尽管我压根儿不听演歌，但至今仍认为藤圭子给人的感觉极好。只是，当时的印象似乎是此人恐怕一生都对自己是名人这点适应不来。那以后又是离婚又是改名的，希望她坚持下去才好。

我遇见的名人（3）吉行淳之介

对于我们年轻的无名作家来说，吉行淳之介[1]是个令人诚惶诚恐的人物。何以说吉行先生令人诚惶诚恐呢？解释起来却是很难的。此外的名作家和优秀作家多如繁星（大概），但惟独吉行先生感觉上让人诚惶诚恐，不可思议。

吉行先生也是我获得文学刊物新人奖时的评审委员，算是有恩于己之人，所以每次在哪里遇上，我都得好好寒暄几句。于是他鼓励我说“噢，近来你写的东西蛮有意思”，或者说“最近眼睛不好看不了书，唔，好好干”。不过，若问他是否总是这么和蔼可亲，

1　日本著名作家（1924—1994）。著有《骤雨》、《暗室》等。

哎呀，胡说
吉行淳之介

那也不尽然。稍稍多说一两句别人的事，他便随口提醒道“跟你说，那是很无聊的”，或者“喂喂，少掺和乱七八糟的事”，说罢扬长而去。大约便是这里面的奥妙让人诚惶诚恐，也可能是我单方面的战战兢兢。

因此，在吉行先生身边时我一般不主动说什么。我本来在人前就不大开口，所以对此丝毫不觉得痛苦，莫如说是感到快活。这样，虽然以前曾经和吉行先生四次同席喝酒，但记忆中几乎没交谈过什么。

那么，吉行先生那种时候都说了什么呢？其实没完没了的全都是无谓无害无益的话。无谓的话拐过无谓的弯路流往无谓的方向，夜色随之加深。我也是相当无谓之人，但毕竟还年轻，没办法无谓到那个地步，所以每次都为之心悦诚服。在如此絮絮不止当中若无其事地摸一把招待女郎的乳房，此举也可谓不同凡响，无论如何都够让人诚惶诚恐的了。

我遇见的名人（4）山口昌弘

山口昌弘倒也算不上名人，但的确启示了有名的某种应有之态，因而要专开此篇大书特书。

山口昌弘（恕直呼其名）毕业于武藏野美术大学设计专业，学生时代在我过去在国分寺开的爵士乐酒吧打过零工。山口（称呼愈发放肆了）人不坏，但不客气地说，作为员工则近乎无能。基本不干活，专以员工优惠价赊账喝酒。既无美术才华，学习成绩又差，女人方面也一无所获。前几天山口往我家打电话，我还以为是乞丐呢，原来说他在一家做“学生援护会”广告的公司里工作。“学生援护会”是刊印《日刊打工新闻》的堂而皇之的公司。我问他在那里干什么，他说制作广告。出息了！

“跟你说春树君，不是有个有老牛出场的电视广告么，那是我和系井君一起做的，我做的。”山口说。

我家没电视，这么跟我说我也全然不得要领。何况，《打工新闻》的广告怎么会有老牛出场呢?

“告诉你，富士山穿着学生制服‘吱吱吱’跑出来说‘如果是人就好了’——不知道?”我说没有电视哪里知道呢！山口昌弘听了，大失所望地挂断电话。

这个故事的教训是什么呢?

① 自己没兴趣的领域即使再有名也与己无关;

② 武藏野美术大学给的成绩不足为信。

山口君，还请你再给我神宫球场的包厢票。

书的故事（1）《日刊打工新闻》的优点

我家里的书增加太快，所以前几天新买了个书架。虽说是职业关系，但书的繁殖势头毕竟太猛了。我一时气恼，打算卖掉三分之一，一大早就着手甄别作业。可是一旦真要处理，就冒出许多念头：这个已成绝版，这个还有可能看，这个卖掉也不值几个钱……结果书的数量全然没有减少。

最让我来气的是买了硬皮新版的原著，还没等我看便有译本出来了。有了译本，何苦看英文原著呢！可是英文书要卖也卖不上好价钱，简直欲哭无泪。

还有，不知留下来有没有用的杂志也让人头痛。诸如《尤里卡》、《电影旬报》、《音乐杂志》、《神秘小说杂志》、《演播室之声》、

垃圾箱

嗬
垃圾箱

《广告批评》等等，一扔了之说不定会后悔，留在手头吧，记忆中又没起过什么作用。

不过有意无意保存下来的大桥步[1]时代的三十本《平凡Punch》、五十本创刊号以来的《安安》和三年量的《电影艺术》现在仍相当有用。所以这方面的情况实在不好把握。而这样一来，杂志占的空间也小看不得。

因喜欢美食专页而想保存《家庭画报》，出于工作需要舍不得《时尚先生》、《纽约客》、《人物周刊》……如此思来想去，委实心焦意躁。自己的物欲和占有欲并不特别强烈，为什么东西增加得这么多呢？

在这点上，《日刊打工新闻》和*PIA*一类信息杂志就叫人痛快，过期扔掉就是，无须优柔寡断。

---

1 日本铜版画家、图书装帧家。曾为《平凡 Punch》杂志画插图。

书的故事（2）老鹰拥有土地?

我常去的英文旧书店位于神田。这家书店的可取之处是良莠混杂，无论珍本还是垃圾本统统一个价。近来这种悠闲的买卖早已销声匿迹，令人不胜凄寂。旧唱片店这一倾向尤其明显，稍微少见些的唱片售价就相当之高。

过去（其实也就是十年多一点点）不是这样的。例如马尔・沃尔德伦[1]的原版*Left Alone*和蒙克[2]当年流行的原版十英寸唱片，细找之下就扔在唱片店的角落，一千日元一张。我喜欢找这类东西，大

1 美国钢琴家(1926—2002)。

2 美国爵士乐钢琴家(1920—1982)。

闲人免进

学时代转遍了整个东京城的唱片店，而近来碰上如此“猎物”的次数大为减少。

在这点上，神田的旧英文书店现在仍能以合理价钱买到合意的书，实在难得可贵。书店以前就很有名，对这方面有兴趣的人无人不晓。只是，书店里的书没有分门别类精心整理，一股脑儿胡乱堆在那里，找出自己要的书绝非易事。特别是眼睛只看到软皮本的英文书脊，一连看好几千册，对于视力欠佳的人只能是件苦差事。尽管如此，每次进书店我都能兴致勃勃地度过一个多小时，找出不少在其他书店很难找到的罕见书籍。

不过，对于店主写在手制腰封上的日语书名最好不要相信。“THE EAGLE HAS LANDED”（老鹰飞来）这个书名成了“老鹰拥有土地”，杰克·希金斯[1]也要大吃一惊。不过，正因为有这东西，我才会兴致勃勃……

1 英国作家（1929— ）。《老鹰飞来》为其主要作品之一。

书的故事（3）赊账买书

说起奢侈来，我想再没有比小时候可以赊账买书更奢侈的了。

我家是过着极普通生活的家庭，但因为父亲喜欢书，所以允许我在附近书店里买自己中意的书。不过漫画和周刊什么的不成，仅限于正正经经的书。但不管怎样，能买自己中意的书实在叫人高兴，我因此成为一个像那么回事的读书少年。

现在说起来大家都很吃惊，但在我长大的那一带，小孩子赊账买书并非什么稀奇事。当时我的同学中就有几个这么买书，记得一次交款时听一个人说他是绿丘的某某，让店里记账。不过，有如此特权的孩子未见得都喜欢看书，说来也是怪事。是怪事吧？

接着说过去。当时（二十世纪六十年代前半期）我家每月请书

我是绿丘的村上。

店送来一本河出书房[1]的《世界文学全集》和中央公论社[2]的《世界的历史》。我一册接一册往下看，如此送走了少年时代。我迄今的阅读范围也因之清一色是外国文学。总之，或许可以说三岁看老吧，最初的机遇和环境大体决定了一个人的爱好。假如当时家里订的是《日本文学全集》和《日本的历史》，最初看到的是《破戒》[3]，那么我今天写的很可能是铁杆的现实主义小说。如此一想，觉得人生甚是不可思议。

长大后再不曾赊账买书。用信用卡也不是不可以买，但我总没那份心思，一直用现金支付。毕竟，如果不能爽爽快快地说“我是××町的村上，请记账”，是上不来那份心情的。

1　日本著名的出版社。

2　日本著名的出版社。

3　日本小说家岛崎藤村(1872—1943)的长篇小说，1906年刊行。日本近代文学的代表作。

书的故事（4）签名售书杂感

每次有书出版，书店必然提议前去签名售书，但截至现在我一次也没搞过。并不是对签名售书有多么反感，只是觉得麻烦和难为情，所以从来不曾问津。

不过窥看其他作家签名售书的场面我不反感。远远观望，边望边想“那人穿的皮鞋很够档次”、“字倒写得像模像样”、“看上去比照片老嘛”——总之没想正经事。书则不买。我也觉得过分。反过来说，我因为不愿意有此遭遇，所以坚决拒绝签名售书。这绝不意味着我对签名售书本身持批评态度。

签名售书最尴尬的，是没有人来求签名。书迷们在纪伊国屋书店四周围了七圈等待签名——若是这般场景自然没问题。然而不可

签售现场(芥川
龙之介奖)作家
田虎治郎先生
老伯在干
什么呢？

能那么称心如意。就连村上龙[1]都说“嗐嗐，冷场的时候也是有的”，其他作家可想而知。就说我在涩谷西武百货大楼书店目睹的签名售书活动吧，某作家二十分钟里一个顾客也没来。此人对面是竹宫惠子[2]签名，那边倒是人如潮涌。一来二去，某作家也寂寞难耐，前去窥视竹宫惠子，看起来委实可怜巴巴的。于是我深有感触：我可不愿意惨遭如此场面。

再说这签名本，若问我的签名本拿去旧书店能否卖个好价钱，回答是否定的。据旧书店的老伯介绍，因有签名而能高价卖出的顶多到远藤周作[3]、开高健[4]那一代，往下的年轻作家签名几乎和污点无异。污点这说法也真够狠的。

---

1 日本小说家（1952—　）。著有《无限近似于透明的蓝》等。

2 日本漫画家（1950—　）。

3 日本小说家（1923—1996）。著有《海与毒药》、《沉默》等。

4 日本小说家（1930—1989）。著有《裸体国王》等。

缩略语

无论英语日语，近来缩略语实在太多了。社会复杂化多样化，语汇也随之越来越长，无论如何都不能不缩之略之。“啪啪啦啦”翻开《现代用语基础知识》之类的书，全然莫名其妙的缩略语触目皆是。准备找工作的学生们想必要玩命背那玩意儿，苦不堪言。

作为最新缩略语的佼佼者，“SALT[1]”正在向“START[2]”过渡。情形似乎是“SALT”出师不利，因而来个随机应变。不过，实际变成“START”以后裁军会议也依然毫无进展。

1　（美苏）限制战略武器会谈。

2　（美苏）削减战略武器会谈。

哼
你这人真够J.D.的

日前看了许久没看的《美国风情画》(*American Graffti*)，那里面也有一大堆缩略语。例如I.D.，这当然是身份证(IDENTIFICATION)的缩略。在美国，没有I.D.买不成酒。其中有个泰里没带I.D.就去为想喝酒的女孩买酒的镜头。泰里请过路的老伯替他买酒，说："我在最近一场洪水中弄丢了I.D.……"老伯答曰："怪不幸的。我也弄丢了老婆，不过名字不是爱蒂。"这种地方相当风趣。

另外，赛车狂约翰从警察手里接过一张违章单，没好气地对旁边的女孩吼道："把这C.S.收起来！"女孩随即问："C.S.是什么的缩略？"C.S.是chicken shit(粪便垃圾)之略，当然是约翰自己随便缩略的。

这前面有这样一个镜头：女孩冲着约翰说："你这人真够J.D.的！"J.D.是问题少年的缩写。这样一丝不苟地看电影真是一件苦差事。

话说警察（1）职务询问

学生的时候，走路时常给警察叫住进行“职务询问”，问我住哪去哪等等。当时问得我火蹿头顶，心想干嘛问我这个，我又没做什么！但不知不觉之间，警察再不理会自己了。

是因为自己随着年龄的增长而神情变得温和了，还是因为社会变得平和了呢？对此我无法判断。没有了“职务询问”自然好，却又好像有点寂寞。时间多得打发不掉的时候看见警察，很希望对方过来问点什么。而警察这种人果真训练有素，决不靠近我这样的对象，视线突然对上，也会佯装未见地移开了事。不简单！

过去在小石川住的时候，我把有病的猫放进笼子里前往兽医家，路上在离家不远的警察执勤点门前受到一次“职务询问”。正值土

噢，是猫
喵
警察

田警视总监房子被炸[1]的第二天，对方也好像正在气头上，三四个警察“哗啦”一下子把我围住：“把笼子打开！”

如此说来，我把病猫装进笼子怀抱着赶路的样子的确像是运送炸药。我心里叫苦，遂说“啊，是猫”。“反正打开看看！”对方下令。我一开笼盖，猫“喵”一声从中探出脑袋。“噢，是猫是猫”——警察当场一笑了之。

不过，假如以猫打掩护而下面藏有塑料炸药……作为情节自是有趣，好在没朝那方面发展，的确仅仅是猫。

和平、和平。

1　上世纪70年代初日本发生的重大恐怖活动之一。反政府组织“反日武装战线”将炸弹送进警视总监土田的私邸，炸死其家人。

话说警察（2）陈述书

过去曾因一点小事被警察逮去，写了陈述书。那时负责我的刑警三十五六岁，不知何故，长相颇像保罗·纽曼[1]。虽说像保罗·纽曼，但并不是说长得英俊，而仅仅是局部特征相像——不过的确很像。这还不算，该刑警还穿了一件VAN夹克款式的领尖有扣的衬衫，端的是南布朗克斯[2]的世界。现在想来也是一次不同寻常的体验，和安西水丸笔下《普通人》中出现的警察署场景大异其趣。

这个就先不说了。我想在警察那里写过陈述书的人都知道，比

1 美国电影演员(1925—)。曾主演《伤痕累累的荣誉》等。

2 布朗克斯是美国纽约北部的一个行政区，南布朗克斯是20世纪80年代黑人新感觉音乐（如摇滚乐、霹雳舞）的发源地。

起一般人，警察的作文水平差得一塌糊涂，语法也好虚词也好情景叙述也好心理描写也好，全都提不起来。陈述书这东西，大多是由警察把我对其提问的回答以“我……”的第一人称写成文字，再由我署名。然而这位保罗·约曼先生写得极其蹩脚，几乎让我哑然失笑。他念给我听的时候，我真想从头到尾修改一遍。错字、白字也多。

但最令人感到屈辱的，是我必须用圆珠笔把这位保罗·纽曼先生用铅笔写的东西一字不差地描一遍。我用圆珠笔描完后，保罗·纽曼先生用橡皮把自己的铅笔字迹“喀嗤喀嗤”擦掉，弄得像一开始就是我亲笔写的一般。

不用说，跟警察打交道看来没什么好事。

不看报纸

去外国最让人舒一口气的是可以不看报纸。在日本我也算是不怎么看报的——哪家报纸都大同小异——但毕竟身在日本，重大事件愿意不愿意都要钻进耳朵，例如提起大韩航空的飞机被米格机击落什么的，无论如何都要扑在报纸版面上细看。

而若置身欧洲，既看不懂当地报纸，又觉得特意花高价买英文版《先驱者报》未免傻气，因而得以过着同信息完全绝缘的生活。这个着实快活。坦率说来，报纸那东西没有也毫不碍事。在希腊时尤其如此。早上起床→吃饭→游泳→吃饭→午睡→散步→喝酒→吃饭→睡觉，如此模式周而复始，根本没有报纸掺和进来的余地。希腊这个国家真是了不起。

近来在德国住了一个月，那期间也压根儿没看报纸。仅在飞往柏林的泛美全球航空公司飞机上看了一次免费提供的报纸，却也没什么大事，“是吗，美国进攻格林纳达了”、“龙和亚斯[1]握手言和了”——也就这么个感觉。

相比之下，还是观看德国年轻人个个别着反核胸章、在汽车上贴满反对潘兴二号导弹的宣传标语更能切身感受到世界的空气流动。

我想真正的信息就该是这个样子。我决不是说报纸没用，只是觉得世上由左而右擦身而过的信息太过泛滥了。

1　成龙电影《醉拳》(1983) 的主人公。

希腊的信息传播方式

上回说希腊很有趣，接着说。

希腊这个国家蛮怪，走在街上几乎见不到书店，偶尔见到的也小得不成样子，且没有人。首都雅典尚且如此，地方上就更不用说了。总之无人看书。那么人在干什么呢？全都聚在咖啡馆里东拉西扯高谈阔论打发时间。我猜想再没有比他们更喜欢清谈的国民了。

因此，信息的传播方式也同日本大不一样。在日本，信息首先上电视，继而由报纸推广、用杂志补充，再以书籍确认。而在希腊，一旦有信息进来，村里的老伯们就聚在咖啡馆里这也不是那也不是地议论个没完没了，作为结果形成一个类似模糊共识的东西。以这种方式形成的社会舆论诚然花费时间，但我觉得这样才有根基。

希腊公共汽车中

例如一次乘公共汽车去乡下旅行，一位希腊老伯来到我身边，手指山谷间一座村落用希腊语滔滔不绝。细听之下，似乎说的是一九四四年德军在这里杀害了二百五十个村民。这么着，车厢里从老人到小孩，所有希腊人都点头称是。有人接着说了一句“我们不能饶恕纳粹”，大家又连声附和。尽管事情过去了四十年，但人人都从内心深处憎恨那场杀戮。

这样子若说顽固不化倒也罢了，但反过来极为轻易地把事情付诸流水或每十年就走马灯一样更换一次思维方式的国民性恐怕也是多少有问题的。若问我哪个好，我也说不清楚……

迈锡尼的小行星旅馆

希腊有个叫迈锡尼的村庄，因谢里曼[1]发现阿伽门农[2]墓而变得有名起来。虽说有名，但还是个很小的村庄，规模也就竹下路[3]大小。旅游大巴来的时候到处是人，大巴一走马上恢复成悄无声息的小村落。地理上由于有从雅典出发当日来回的公共汽车，所以没有人特意在此留宿。可我相当喜欢迈锡尼村。

迈锡尼村最好的旅馆是一家叫“小行星”的旅馆。不过以我的感觉来说，较之旅馆，它更接近于“山庄”。设备比较马虎——就

1 德国考古学家(1822—1890)。曾发掘特洛伊、迈锡尼遗址。

2 希腊神话中的迈锡尼王。曾发动特洛伊战争，任希腊联军统帅，凯旋后被妻子及其情人杀死。

3 东京的路名。

迈锡尼村的幸福

像希腊百分之九十五的旅馆——房间也很难说有多么清洁，但非常幽静，小巧玲珑。

“小行星”是原希腊空军飞行员及其百里挑一的美貌太太经营的。

男主人做得一手好菜，让我吃了一顿相当考究的家常风味希腊菜。他开过轰炸机，同塞浦路斯发生纠纷时因对战争深恶痛绝而被空军开除，成了旅馆的老板。有两个小女儿，都非常可爱。

入夜后，迈锡尼村一片黑暗，简直黑得不能再黑。我在阳台的黑暗中一边摸索着戳起配有米饭的海鱼，一边眼望阿伽门农山的篝火和主人聊天。他兴致勃勃地讲述着每天的生活。

“很幸福吧？”我问。

“当然，”他说，“非常非常幸福！”

我心想，能有几个日本人在被问到是否幸福时这样回答呢？

希腊的餐馆

接着说希腊。

都说希腊饭菜不好吃，绝无此事。若问是否好吃的确难以回答，但并非不好吃，至少比我在东柏林一流饭店里吃的好吃得多。讨厌橄榄油放得太多的人想必是有的，但习惯了也没什么。我本来非常吃不惯羊肉，但木莎卡（肉糜加茄子、奶酪的烤菜）仍狼吞虎咽吃得有滋有味。

同一流饭店相比，大众餐馆要美味得多，世界上哪里都是这样，希腊菜也不例外。我在希腊吃的最糟糕的希腊菜就是在某一流宾馆的希腊餐厅吃的。

只是，希腊的大众餐馆脏得一塌糊涂，吃的时候要用一只手把

希腊的餐馆

围上来的苍蝇赶走，趁苍蝇返回之前赶紧把饭菜投入口中，嚼的时间里要继续驱赶苍蝇。雅典到底好一些，而稍往乡下去苍蝇实在太多了，几乎睡不成午觉。但不知何故，苍蝇越多饭菜越香。

另外海边一带的鱼实在够味儿。进餐馆先看厨房，从陈列柜里选好鱼和虾请厨师烹调。鲷鱼尤其可口，整条烤了淋上橄榄油，边吃边一小口一小口地品尝当地的白葡萄酒。再加一盘绿色色拉，每人才一千日元，便宜得难以置信。人间天堂！

不过游客云集的雅典普拉卡一带的餐馆，不但员工素质差，价格也不便宜。去希腊一定要一个人去乡下走走，绝对好玩。

喜欢吃的和不喜欢吃的（1）

我这人相当偏食。在鱼、蔬菜和酒上面可以说几乎没有倾向性，但肉只吃牛肉，贝类除了牡蛎别的根本不成。另外“中华料理”一概不吃。所以基本以鱼和蔬菜为主，靠吃味道清淡的东西一天天苟延残喘。魔芋、羊栖菜、豆腐——总之是老人食品。

有时自己也觉得奇怪，喜欢什么和不喜欢什么的判断基准究竟是从哪里来的呢？为什么能吃牡蛎而不能吃蛤蜊呢？牡蛎和蛤蜊本质上到底有何区别呢？无论怎么想都想不明白，到头来只能一言以蔽之曰“命运”。大概某一天我坐在清风徐来的山冈上，无端爱上了牡蛎……结果就是一切。

经过怎样的程序才使我吃不得“中华料理”，这对于我也是一

个很大的谜。我对中国和中国人决不怀有不好的感情，相反，总的说来是有极大兴趣的，熟人里有几个中国人，我的小说中也有许多中国人出场。尽管这样，我的胃还是拒不接受“中华料理”。不知何以如此。也许是来自幼儿体验什么的吧。

在千驮谷住的时候，住处附近主要街道并排有两家人人说好吃的拉面馆，每次从跟前走过都有一股我不喜欢的拉面味儿直冲鼻孔，致使我回家总要难受好一阵子。我的朋友却说每次从那门前走过都要为克制强烈的吃拉面欲望而难受好一阵子。我听了，觉得人生状态仅仅因为喜不喜欢拉面都会大相径庭。

喜欢吃的和不喜欢吃的（2）

日前看英国报纸，广告版有一幅吊狗的照片。怎么回事呢？细看，原来爱犬家协会发表意见：“韩国有杀狗吃的习惯，这是野蛮行为，要立即停止！”

一个月后在火奴鲁鲁看报，上面有一封读者来信：“听说中国人捕捉野狗，还吃了一部分，实在野蛮至极，我们要抵制中国货！”北京发生大规模捕狗事件，六个星期约有二十万只狗被处理掉（厉害！）——部分火奴鲁鲁市民对此作出了反应。

据我的记忆，朝鲜和英国之间关于狗的纠纷一百年前也有过一次。其时维多利亚女王（大约）为了表示友好送给朝鲜皇帝一条狗，而朝鲜宫廷阴差阳错，兴冲冲地做成美味佳肴，成了当时不小的政

治问题。虽然不宜说有趣，但也够有趣的。

将这类吃狗不吃狗等习惯问题和饮食上的好恶相提并论或许多少有些勉强，不过吃什么不吃什么这一选择从根本上说来乃是没道理可讲的，在这点上应该是同一回事。野蛮不是人的禀性问题，而是概念 (concept) 问题。我吃牡蛎而不吃蛤蜊，如果问我为什么，作为我也很难作出解释。解释禀性是可能的，而解释概念则基本无望。

话或许扯远了，“为什么和那样的太太打得火热”这类提问也是同一条线上的难题。我把此类现实姑且称为“同时存在性质的正当性”。算了，这回说得太繁琐了，下回言归正传。

喜欢吃的和不喜欢吃的（3）

世上有一类东西，也不是生理上吃不得，只是不太想吃。咖喱乌冬面即其一例。

咖喱和乌冬面我都喜欢，但若弄成“咖喱乌冬面”则上不来情绪，难办。日前在新宿见到炸肉饼乌冬面，这个也吃不来。

何苦把咖喱或炸肉饼这种显然驴唇不对马嘴的东西放到乌冬面里去呢？我可是全然理解不了。若允许这东西大行其道，“肉沫酱茶泡饭”什么的不也很快要粉墨登场了？

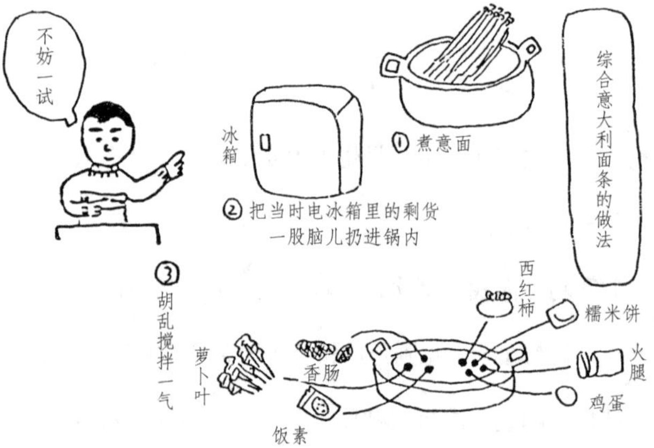
综合意大利面条的做法
①煮意面
冰箱
②把当时电冰箱里的剩货
一股脑儿扔进锅内
不妨一试
③胡乱搅拌一气
西红柿
糯米饼
火腿
鸡蛋
香肠
萝卜叶
饭素

最近我在一家“怀石料理”[1]店吃了加入鳄梨的利休杂烩[2]，这个也有点让人为难。也许是保守吧，总之我想吃的是平和、悠然、地道的东西，别无他求。

话虽这么说，其实过去我读大学一个人生活的时候，也不管三七二十一随便做点什么赶紧充饥来着，所以不敢自作高明说三道四。

当时做得最频繁的是什么呢？只一样：“综合意大利面条”。这“综合意面”并无明确的味道标准，反正就是煮一锅意面，然后把当时电冰箱里的剩货一股脑儿扔进锅内胡乱搅拌一气，作为“料理”的统一性之类根本无从谈起。意面里边有糯米饼有西红柿有意大利香肠有鸡蛋有饭素有萝卜叶，如今想来真够没有章法的，但当时只管狼吞虎咽，好吃得不得了。哪位好奇的话不妨一试，很有冲击力的，嘿嘿。

1 茶道中饮茶前吃的一种简单而精致的菜肴。

2 把蔬菜、海贝、鱼和大酱、芝麻、醋等拌在一起做成的一种日本菜。

再谈维也纳风味牛排

很久以前在这个专栏写过维也纳炸小牛排即维也纳风味牛排的事，诸位读者还记得吧？水丸君画的图，肯定记得。

日前我特意跑去维也纳吃维也纳风味牛排来着，这回大失所望。失望到什么地步呢？说来奇怪，维也纳的维也纳风味牛排一点也不像维也纳风味牛排了。本来在维也纳点维也纳风味牛排十次就有六七次端上来猪排，这次更是莫名其妙。

上回也写了，所谓维也纳风味牛排，就是把小牛肉拍打得薄薄的，挂上蛋黄“刷”地炸一下子，从上面把黄油淋下去。我是这么解释的。在日本若点“维也纳风味牛排”，即有炸小牛排自动出来。

那么，在维也纳吃的维也纳风味炸小牛排风味如何呢？以我的

口味说，恐怕还是在东京吃的更够味儿。不说别的，块儿就太大。足有抹布大小的炸牛排“通”一声端上桌来，酱味汁也没好好淋上，就那样连同炸薯条毛毛糙糙地吞食下去。一个人默默吃着的时间里，不由悲从中来：“我这到底在干什么呢？”

相比之下，在维也纳吃的匈牙利红烧牛肉倒意外的好吃，午后在郊外宾馆的餐厅里喝着啤酒吃起来，气氛甚是不俗。加入朗姆酒的咖啡也蛮有维也纳风味，令人身心舒展。电影《老人与猫》中孤独的哈里老人也常小声嘟囔：“啊，真想吃匈牙利美味红烧牛肉啊！”心情不难理解。

毛毛虫续篇（1）“月夜的队伍”

很久以前在这个专栏里谈了四回毛毛虫。安西水丸君说他最讨厌毛毛虫，画插图时吓得半死。虽然觉得很对不起，但与此同时听他那么一说，就更想大谈毛毛虫了，此乃人之常情。这么看，就再来一次毛毛虫吧。

我家那位以前看见过蛞蝓队列。她上高中时，一个月明之夜正在御茶水女子大学附近的坡路上行走，忽然看见很远的前面有条银带样的东西闪闪发光，宛如河流穿过路面。银带从开在右侧石围墙上的土管孔里接连不断地淌出，穿过路面，爬上对面一侧的石围墙，消失在夜色中。银带宽约一米。到底是什么呢？走近一看，原来是老鼠那么大的巨形蛞蝓队伍，成千上万，数不胜数，大概持续很长

时间了。路面上被车轮碾碎的蛞蝓黏糊糊地铺了厚厚一层，在月光下闪着湿漉漉的白光，场景怵目惊心。

她说：“石围墙那里的旧房子拆了，正在建新楼，所以住在那里面的蛞蝓搬去别的地方了。”不过，数量那般庞大的巨形蛞蝓怎么能住在一处呢？它们究竟要迁往哪里呢？蛞蝓家族居然会迁移，简直跟《十诫》中的摩西出埃及差不多了。想必那群蛞蝓中有个极大极大的蛞蝓头领，是它率先带领大家开辟新天地的。如此思来想去，心情十分不快，差点儿失眠。

毛毛虫续篇（2）“毛虫罐悲剧”

若问世界上最可怕的刑罚是什么，一定是“毛虫罐”，无论如何。这“毛虫罐”实行起来相当费时费事，很难说有多大现实性，但在可怕这点上则不逊于其他所有刑罚。

首先要准备一个深二点五米至三米、直径两米左右的坚固大罐。要相当坚固，且有一定程度的重量，否则派不上用场。罐的内侧要尽可能光滑，越光滑越好。其次要围着大罐搭一圈脚手架，以便从架上往罐里窥看。至此第一阶段准备完毕。

接下去召集三千奴隶，命令他们：“每人捉十条毛虫，不得有误，否则重打一百鞭！”奴隶们生怕挨那一百鞭，疯一样地搜集毛毛虫。于是三万条左右的毛毛虫被搜集来了。

好好听着
每人捉十条毛毛虫
ドレイ
ドレイ

再往下是把三万条毛毛虫投入罐中。三万条毛毛虫聚集一堂，情形非同小可，恰如黑焦油在罐底一鼓一鼓地缓缓蠕动，看一看都倒吸一口凉气，毕竟毛毛虫厚达两米。

至此一切准备妥当，只剩下把犯人推入罐内了。众人都以目睹此景为乐趣。

被推进去的犯人极力想顺着罐壁爬出，无奈罐壁滑溜溜的，爬几下就掉下去了；憋足气往上跳吧，脚下踩的毛毛虫又黏糊糊的，使不上力。如此一来二去，黑毛毛虫很快蠕动着涌进嘴里，犯人终于窒息而死。吓人吧，这？嘴里满是一动一动的毛毛虫——光想想都要作呕。这个死法无论如何受不了，我是打算躺在床上安安稳稳地死去。

拷问(1)抱石和钢钻

电影中常有拷问场面。现在如何不晓得了，以前的历史片中常有拷问场面出现。不知是谁想出来的，拷问手段高超无比。

先为不了解的人介绍一下：那是让犯人跪坐在像算盘一样疙疙瘩瘩的木板上，再把平板石一块块压在犯人大腿上。

电视“笑点”节目中是往膝下垫几个座垫，其实正相反。石块压得越多，膝盖“咔嗤咔嗤”响得越厉害，最后彻底粉碎。我没有实际经受过，详情不得而知，但想必痛不可耐。

年轻的商家女儿抱石而坐，可怜之余，又极妖艳。旁边站着坏

姑娘，痛吧
快快招来
还想要赖？
痛不可耐

蛋催租官（大概是佐藤庆[1]吧）厉声责问：“姑娘，痛吧？父亲藏在何处，快快招来！”啧啧！

日本的拷问手段，除了抱石，还有骑木马、绳勒等等，但这些相对说来属于其他范畴，这里略去不表。想具体了解的请看日活[2]电影《田鬼六系列》。

电影拷问场景中和坏蛋催租官同样较有“人气”的，不管怎么说都是纳粹党卫队军官。这些家伙不出来，拷问镜头就不够档次。近来纳粹片中最出色的还应该是《霹雳钻》，讲的是纳粹余党抓住犹太青年如何拷问。里面的纳粹汉子原是牙科医生，用钢钻使劲钻青年的虫牙，直到牙根神经外露还狂钻不止。接受普通牙科治疗都够怕人的，这个场面足以让人发疯。抱石吃不消，钻孔同样吃不消。

1　日本电影演员 (1928—　)。

2　日本的电影制片厂。

拷问（2）搔痒和切手指

我看过的电影拷问场面中最有趣的，无论如何都是搔痒拷问。电影名字忘了，反正是很早以前的 B 级西部片，我想以后大概不会上映的。

讲的什么呢？先是坏蛋团伙将好人团伙的恋人抓住监禁起来，接着好人团伙把坏蛋团伙中的一个逮住，仰面绑在餐桌上追问恋人下落。一般说来电影里的好人不会下手太狠，坏蛋也晓得这一点，因而轻易不肯开口。

不久好人也累了，想吸一支烟歇息。当时的火柴是粗加工火柴，于是他在近在眼前的坏蛋脚底板上“嚓”一声擦燃火柴。不料这坏蛋极怕搔痒痒，竟笑得上气不接下气。

啊哈哈哈哈
快别了！
嚓！

这样一来，只能用搔痒痒来拷问了。或拿来羽毛一个劲儿撩拨脚底板，或用铅笔尖在上面写字，坏蛋再也忍受不住，终于坦白交代。这样的拷问自是又公正又好。

相反也有怵目惊心者，那便是伯特·雷诺兹[1]的《特警沙基》。一个不肯招出恋人下落的刑警被小刀一根接一根地切断手指——回想起来都让人不寒而栗。听说在西德尼·波拉克[2]的《高手》中，高仓健拧手指的镜头都使好几个美国观众昏迷过去，可是《特警沙基》拷问场面岂不残忍得多，看看都一身冷汗。

尽管如此，伯特·雷诺兹扮演的“特警沙基”还嘲笑那个小刀使得灵巧的东方人：“你是红花[3]的厨师吧？”这地方足可一睹伯特·雷诺兹的看家本领。

---

1 美国电影演员、导演。

2 美国电影导演。

3 餐厅名。

拷问（3）梅尔·布鲁克斯和《世界的历史·第一部》

继续谈拷问。

电影拷问镜头中荒诞不经的最右翼者，不管怎么说都是梅尔·布鲁克斯[1]《世界的历史·第一部》中托尔克马达[2]的宗教审判。审判彻底模拟西班牙法官托尔克马达在十七世纪逮捕敲诈异教徒的史实，模拟得十分滑稽且富有冲击力，有机会请务必看一下。尤其是埃斯特·威廉斯主演的以当年米高扬音乐喜剧为底本的游泳池场景，简直令人捧腹大笑。

1 美国电影演员、导演。被称为“喜剧之王”。

2 西班牙神学家、首任宗教法庭庭长（约 1420—1498）。以判决严酷和处罚残暴著称。

不过，梅尔·布鲁克斯的电影不单纯妙趣横生，仔细观看，它还是整体描写犹太人所受迫害的历史片，在这个意义上乃是极有骨气的作品。梅尔·布鲁克斯和伍迪·艾伦[1]同是生于布鲁克林[2]的犹太人，一如布鲁克林出生的犹太人的遭遇，他从小就备受欺负。就是说他只有两种选择——或以暴力报复对方，或以滑稽取悦对方。就犹太人而言，前者的代表是以色列的贝京总理，后者的代表是马

1 美国电影导演（1935— ）。

2 美国纽约南部的行政区。

克斯兄弟[1]和梅尔·布鲁克斯，伍迪·艾伦介于二者之间。我最中意梅尔·布鲁克斯和马克斯兄弟。

在梅尔·布鲁克斯的《世界的历史》中，犹太人不断受人欺负。罗马篇里犹太人喜剧演员和自称犹太教徒的黑人奴隶（当然以小萨米·戴维斯[2]为典型）受到独裁者恺撒的欺凌；西班牙篇里——刚才也已提及——犹太教徒惨遭托尔克马达的拷问；法国革命篇是犹太小便侍者替代路易十六被人砍了脑袋，实在可怜至极。但最后犹太人像《星球大战》中那样在整个宇宙得到解放——看电影的快乐就在这里。

1　美国的三兄弟喜剧电影演员奇科（1891—1961）、哈勃（1893—1964）和格劳乔（1895—1977）。以创作打闹剧著称。

2　美国电影演员。

卡萨布兰卡问题

前几天看久违的詹姆斯·邦德系列片《俄罗斯之恋》，里面有这样一个场面：一个土耳其血统英国间谍对邦德说："你不在了，伊斯坦布尔可就寂寞了(Life in Istanbul will never be the same without you)。"噢，台词好像在哪里听过，《卡萨布兰卡》？一查，到底是《卡萨布兰卡》——当地的警察署长克劳德·雷恩斯对亨弗莱·鲍嘉[1]说："The place will never be the same without you[2]。"简单说来就是"I'll miss you[3]"，但唯其绕了个弯子，说法也才有了男子汉味儿。作为

1　美国电影演员 (1899—1957)。曾主演《卡萨布兰卡》、《马耳他之鹰》等影片。

2　意为"你不在了，这个地方可就寂寞了"。

3　意为"我会想你的"。

不放入奶油咖啡粉的咖啡……
土耳其血统英国间谍
詹姆斯·邦德

句子结构自然是个奇特例子，颇有些类似“不放入奶油咖啡粉的咖啡……”无非说没有詹姆斯·邦德的伊斯坦布尔同没有亨弗莱·鲍嘉的卡萨布兰卡是一回事。

倒不是说广告词的坏话，不过有名的广告词好像必然破坏其周边文体，恰如菲律宾的烧荒耕作法破坏森林。例如钱德勒那句著名台词“不顽强无以生存，而不温柔……”在被广告行业彻底破坏之后，早已成了干巴巴的空壳。

《卡萨布兰卡》中也有不少好台词，令人百看不厌。这部影片的超级影迷除了我还有很多，那些人这个那个不断地模仿电影里的东西，难免惹出问题。

比如过去我开爵士乐酒吧的时候，关门后肯定有人赶来用钢琴弹奏《时光流逝》。这些人说开心倒也开心，但终究是给社会添麻烦。

越南战争问题

日前看电影，一个人问某飞行员“在越南待了多久”，飞行员回答“Two turns and a half”，字幕显示为“往返两次半”。在立场上，我并不处于对他人的翻译说三道四的立场，但还是心想恐怕应该译为“两期半”才对。迈克尔·赫尔[1]写了一本名为《派遣》的越战报告，依我的记忆，里面经常出现“turn”这个词。记得 one turn 是两年。在越南如果干上 one turn，已经算老兵了，普通人早已神经不正常了。而干了两期半，这个飞行员已是相当了得的硬汉。如果译成“往返两次半”，根本闹不清是怎么回事。假如在美国本土和越南之间往

1 美国当代小说家。《派遣》(*Dispatches*) 作于 1977 年。

返两次半，那么此时怎么还能在越南正中央呢？

关于越南战争的电影、小说和实录等已出了相当不少。看的过程中最先注意到的是隐语、行话之类非常多，我刚看越战小说时也被连篇累牍莫名其妙的单词弄得如坠五里云雾。也不光我，一般美国人似乎也同样如此。有的小说在书后附上关于越战专用术语和隐语的“简明词典”之类，这倒还方便。

我喜欢科波拉的《现代启示录》，去电影院看了四遍。那部影片中出现的隐语虽然没有小说那么多，却也为数不少，对东方人的歧视性词语尤其严重，根本译不到字幕上去。我深感在越南打的战争是美国历史上最肮脏的战争。

电影字幕问题

问搞电影字幕的人，得知叠印字幕的信息量似乎少得可怜。若以原始对白的信息量作为1，叠印字幕的信息量也就是1/3至1/4。“如果配音，就能把多得多的内容收进去。”

问题是，配音这东西绝对会把电影给人的印象弄得乱七八糟，我是喜欢不来，非靠字幕不可。前些日子看了日语版《星球大战》，日语对白根本听不真切，十分扫兴。不知是发音不好，还是对白节奏同电影节奏搭配欠佳，总之听不清讲的什么，伤脑筋。

很久很久以前《纽伦堡审判》在日本公映的时候，导演斯坦利·克雷默提出：“这是以微妙对白构成的法庭片，务请配音放映，不要用字幕。”于是做了日语配音版本。可是日本影迷的评价极差，说

配音配得像看电视似的，不好不好。结果发行公司只在早晨第一场放映日语版敷衍一下。

当时我全然不知内情，早上起来跑去电影院，幸也好不幸也好，反正是看了一场日语版《纽伦堡审判》。日语配音和字幕相比，我认为各有利弊。斯坦利·克雷默的用意不难明白，但是纽伦堡审判中使用的法律术语和政治术语同日本的差别很大，不是滔滔不绝说起来观众就能顺顺利利理解的那类语汇。口头信息与字幕信息之间，有着不能仅以信息量测算的本质差异。

《豪勇七蛟龙》问题

约翰·斯特奇斯[1]有一部电影名叫《豪勇七蛟龙》。是他以黑泽明的《七武士》为底本改编的，由尤·伯连纳[2]和斯蒂夫·麦奎因主演。有名的电影，想必很多人看过。那部电影中，我比较喜欢詹姆斯·柯本的不动声色和罗伯特·沃恩的故弄玄虚。但由于跟本文无关，这里就不深究了。

我视为问题的是影片刚开始那部分。影片从墨西哥山贼袭击墨西哥一个村落的场面开始，这自然毫无碍事，问题是墨西哥人互相

1 美国电影导演。

2 美国戏剧和电影演员 (1920—1985)。曾出演音乐剧《国王与我》等。

你们抢走收成，村子挨饿
我和你，是朋友

讲英语，而且是一塌糊涂的墨西哥味儿英语，感觉上就像“我和你、是朋友”、“你们抢走收成、村子挨饿”之类。与其讲这等傻里傻气的英语，讲地道的西班牙语岂不更好！可是美国人对字幕的讨厌相当彻底，无论如何都要变成这个样子。然而“再见”和“上帝保佑”等寒暄话倒是西班牙语。反正我是中意这种傻里傻气，左一遍右一遍看个没完——像我这样的好事之人也是有的。

不过，近来好莱坞的情况也变了不少，电影中德国人开始好好讲德语、法国人开始好好讲法语了。因此，《苏菲的抉择》那样的电影中占相当大比重的奥斯威辛镜头全部是德语。

前几天同一位旅日美国人聊起《苏菲的抉择》，他抱怨说：“我听不懂德语，又看不懂日语字幕，根本搞不清奥斯威辛的场面。”够可怜的。现实主义是相当累人和不便的玩意儿。

肮脏的哈里问题

上回写了电影字幕因受字数制约不能充分施展，尤其像《星球大战》C3PO 那样始终喋喋不休满口胡言乱语的演员一旦出场，只能彻底举手投降。

话语的妙趣和地方口音也很难传达，无聊玩笑和谐音俏皮话之类也让人束手无策。字幕制作者的工作确实非同一般。一个有关人员也说“那东西与其说是翻译，不如说是俳句或广告词”。

在《肮脏的哈里 4》中，克林特·伊斯特伍德[1]面对用枪口顶住人质的强盗，不由分说地把大型连发手枪转过去吼道：“go

1　美国电影演员（1930—　）。

即使全世界放过你，我背上的狮子也不放过你
肮脏的哈里

ahead,make my day”。记得字幕大约是“喂，让我开枪吧”。作为意思并不错，但译文过于轻描淡写，力度不够。这是此部影片的关键对白，最好再动动脑筋。

不过，“make my day”确实不好译。感觉诚然是“喂，开枪吧，也让我来一发”，但毕竟是要紧处，应该弄得更妙些才好。“喂，要杀就杀，老子正等着呢！”——若是这样，就渐渐接近达蒂·哈里·卡拉汉刑警的性格了。若有更好的译文出来，务请告知一声。条件是压缩在十七字以内。很难琢磨的吧？确实，这不能不说是接近俳句和广告词世界的活计。

我是在火奴鲁鲁看这部电影的，每有这类决定性对白出现，年轻男孩们必然大声叫好，很像我上大学时看东映雅库扎影片的气氛——“即使全世界放过你，我背上的狮子[1]也不放过你！”的确，这类掷地有声的对白是很难翻译的。

1　这里指日本自古流行的狮子图案。

专栏即将结束

我这人性格比较喜新厌旧，连载基本上不超过一年。但这个原定一年的专栏后来一再延期，已达一年零九个月。这主要是靠安西水丸君的插图。每想到旁边将附上怎样的插图，笔头便不由动了起来。所以，每星期不曾为写什么或没东西写为难，总是以跃跃欲试的心情一挥而就。十分难得。

另外，我觉得《日刊打工新闻》这本杂志主要面向年轻人这点对我也是很大的鼓励。

我已是中年河水没腰的人了（注：水丸君水已及胸），无意现在才去讨好年轻人，但能为年轻人写点什么的确让人欣喜。

当然，我不是说年轻就好、不年轻就不好。年轻人有年轻人特

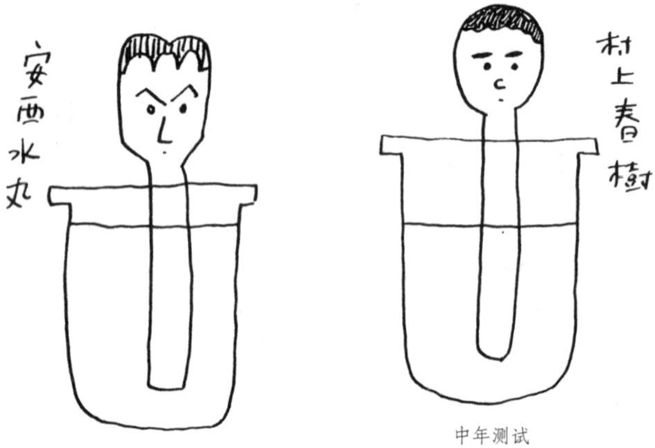

中年测试

有的傲慢和放肆，有时觉得难以忍受。但年轻人的傲慢和放肆因其年轻而自成一体，不同权力直接发生关系，正是这点使我在同年轻人打交道时感到轻松。因为到了我这个年纪，已经有人开始在各个领域牢牢掌握社会权力了。具体的我就不说了，说了不中听。

总之，感觉上我算是以年轻人为对象东拉西扯地把这个专栏持续了一年零九个月。谈不上是针对年轻一代的留言、建议或牢骚话什么的。好好干活，好好上年纪吧！我就是那样熬成中年的——普普通通的中年人。

号外　正月[1]真好（1）

很久以来我就理解不了正月。为什么一月一日是正月、为什么正月是一年之始呢？让人很难琢磨。我是觉得丝毫不存在必然性。按理，在冬至第二天开始新的一年还算名正言顺。为什么必须一月一日是一年之始呢？

话虽这么说，其中当然是有某种必然性的，若不然，人类不可能好几千年都毫无怨言地乖乖遵守这个习惯。小时候就想就此查阅一下，却一拖再拖。打算马上动手。

1　日本的正月在明治维新之前和我国一样，同为农历一月，明治维新后改为公历一月。

正月、正月，
天下第一月

如此这般，我对正月一直抱以怀疑态度，学生时代也没因为正月回什么家。那么干什么了呢？打工来着。年底和正月期间打工有特别补贴，有利可图。周围人都说“正月还干活，够苦的”，可作为我怎么都无所谓，因为自己压根儿不相信什么正月。较之面见父亲说过年话看无聊电视节目，还是打工来得快活。

尤其快活的是除夕夜在新宿通宵电影院一部接一部看电影，从夜间十点看到早上，一口气看六部。走出歌舞伎街东映电影院时，天空已经放白，清清爽爽，别有一番新年气氛。什么“红白”[1]啦“年来年往”啦，我才不看那种无意义的东西。

不料去年除夕夜来到——好多年没来了——歌舞伎街时，通宵放电影的电影院几乎没有了。一问，原来员工和打工学生想元旦早上待在家里。遗憾。恕我一再重复，元旦早上又有什么特殊的呢？真有不成？

1 指日本除夕夜的“红白（男女）演歌对唱”电视节目，每年均有。

号外　正月真好（2）

记得去年正月在这个专栏里我写过正月那玩意儿没什么意思，但今年我想写写正月还是蛮不错的。我比较喜欢这么写东西。

时不时一个人开辩论会也是相当快活的。例如以“人有尾巴是好是坏”这个题目一个人轮番当尾巴支持派A和尾巴排斥派B——争辩之间，就可以明白人的意见或思想是何等模棱两可、何等此一时彼一时。诚然，模棱两可此一时彼一时可爱得不得了的时候也是有的……

反正还说正月。

到了正月，一般要准备新年套餐[1]。年底我和我那位一起去筑地的鱼市买一大堆回来：鱼、金枪鱼、虾、蔬菜。一股脑用来做足够量的新年套餐。

实话实说，我喜欢新年套餐喜欢到了病态的地步。我这个人几乎不吃猪肉和油腻食物，像新年套餐这样把煮鱼和煮菜等很多东西细细地满满地摆在一起的吃法让我分外欢天喜地，即使连吃一个月我想也不会吃腻。

我还喜欢杂烩。我家的杂烩菜因为我讨厌鸡肉，就用干松鱼和海带汁调味，把鱼、虾、鸭儿芹、蘑菇、鱼糕、胡萝卜、白萝卜、芋头、烤糯米饼放进锅里一起煮。第二天用马哈鱼块代替鱼，第三天加进鱿鱼。每次这些东西端上桌，我都觉得幸福至极。

不过，做很多也是麻烦事。因为家里只两个人，老婆原本吃得少，再加上减肥节食，怎么吃也不见少。所以每年第三天都要把双方能吃能喝的朋友夫妇请来，像弗里尼[2]电影里那样吃得杯盘狼藉。

1　日本新年套餐（年饭）一般以煮食生食为主，一样样做好后放进带有很多小格子的方形漆木盒里，凉吃。

2　意大利电影导演（1920—1993）。

这些人一来，大瓶“生樽”也好剩下的葡萄酒也好，统统一扫而光，不能久放的菜肴也可不必扔掉，实在让人庆幸。吃罢玩电子游戏或打麻将。

正月里除吃以外的乐趣，首先是空气清新街上安静。卡车等大型汽车数量很少。我对汽车没什么好感，光是车少这一点就足以让我欢喜。元旦清晨上街跑步也觉得心旷神怡。

不过，最开心的还是住在东京城中心过正月。我在千驮谷住过一段时间，那时正月过得快活至极。首先，除夕傍晚走到六本木吃“狸穴”荞麦面条，继而去新宿喝酒，逛歌舞伎街看电影，再去原宿，在东方神社抽签，进饮食店喝咖啡，转一下通宵减价唱片店，

在小吃摊吃烤鱿鱼，然后步行返回千驮谷，在鸠森神社讨得神酒回家。在家里一边手抓新年套餐里的鸡蛋吃热荞麦面条，一边听《霍尔与奥兹》，最后躺下睡觉。这就是我的除夕夜。

元旦早上起来步行去赤坂。这一带气氛格外好。四下静悄悄的，宽阔的街面空无人影。空气尖刺刺的，皮肤一扎一扎地痛。从绘画馆前面穿过两排树叶落尽的银杏树，向左拐上青山大街，沿东京马拉松赛中濑古[1]超越戈麦斯的那条坡路向下走到赤坂。左侧是丰川稻荷[2]，顺路进去再吃一串烤鱿鱼。下一站是日枝神社。在日枝神社买

1 濑古利彦，日本马拉松选手（1956— ）。曾多次获得国际马拉松赛冠军，1988 年退役。

2 供奉农神（五谷神）的神社。

一个招财猫，走进希尔顿饭店的咖啡厅喝咖啡。正月如此在街上散步，深深感到东京真是个好地方。天空无烟、车少、人少——光这一点就足以让人悠然自得。这就叫幸福。如果天天是正月，我情愿住在东京。但不可能这样，所以现在住在千叶。

正月里我很少去别人家，嫌电视吵。倒不是我总想发牢骚——正月的电视节目干吗全都那么大喊大叫呢？日本全国上下一年到头歇斯底里似的吵吵嚷嚷，正月这三四天全国的电视广播一下子死机岂不快哉！开车也要限制。这样，全国就安静下来了。正月里就让大家安安静静吃顿杂烩吧！

对了，人若长一条尾巴，扫橡皮渣时你不认为方便极了？

村上春树 & 安西水丸

千仓的早餐

我打算向千叶县出生的名人安西水丸君问一些有关千仓的情况。众所周知，千仓位于千叶县的最南端，是个渔村，地方非常安静，我也喜欢。过去曾是松竹[1]电影《影之车》的舞台。所以我喜欢上了千仓这个地方，去了好几次。

春　呃——，那么先从用羊栖菜刷牙谈起好么？

水　啊，羊栖菜么，下次带来就是。

春　太好了，我大大的喜欢。不过用羊栖菜刷牙却是很难作为

1　日本的电影制片厂。

图像在脑海里浮现出来的……

水　我家虽说住在千仓，却远在白滨，到处是岩石，到处是石滩，上面长满羊栖菜，人常在羊栖菜上滑倒，就好像遍地铺满天鹅绒一样。扯一把放进嘴里嚼两三下，像嚼口香糖那样。生的，不能吃，要吐出来。这么着，就跟刷牙一样，不是有橡胶牙刷么？一回事。有弹性，有盐分。

春　盐清洁法。那么千仓人全都这么用羊栖菜刷牙喽？

水 哪里，不是的。我只是偶尔来一次。千仓人不那么做。

春 那么做的只有水丸你一个！

水 是的是的。

春 没有普遍性。

水 没有。

春 唔。

水 不过么，擦眼镜啦擦潜水镜啦什么的，倒是全都用羊栖菜。

春 用羊栖菜?

水 无一例外。因为不生晕。捞鲍鱼的海女也用羊栖菜擦潜水镜。结果，不知为什么，油渍——眼镜片上的油渍——擦得一干二净。羊栖菜这东西用处还真不少。

春 可是不管怎么说，吃是不能吃的，终究是羊栖菜。

水 是没什么人吃。吃的东西多着呢！鲍鱼啦、海螺啦、裙带菜啦，对了，还有石滩紫菜。

春 石滩紫菜?

水 没吃过?

春 没有。

水　一到冬天就出现在岩石上，从岩石上长出来的，也就是苔藓。分绿色和黑色两种，以黑色为上品。这东西好吃，好吃得很。我也采过。

春　生采直接吃?

水　生采。不是有像方木框和竹帘那样的东西吗？把方木框放在竹帘上面，再把石滩紫菜放进去，冲净沙子，像笊篱那样薄薄地铺一层，晒一两天就行了。和做普通紫菜一个样。

春　唔。

水　此外还有 HABA。

春　HABA？

水　写什么汉字不知道，大概写作“波叶”吧……比裙带菜小一点。裙带菜不是很宽的么，没那么宽。同样做成石滩紫菜那样的形状，也非常非常好吃。

春　能直接吃?

水　不不，要烤来吃，装在大盘子里，先淋一点热水弄软，再浇上酱油，加进酱油味吃，放在米饭上面。

春　好像挺好吃。

水　下次拿一份来，配套拿来。HABA 嘛，过去就有很多，哪里都有。不过近来成了高档菜，东京的高级餐馆都来买，所以不容易弄到手了。但不管怎样，冬天去还是弄得到的。

春　很想尝尝。那么，唔——，转来转去又转回羊栖菜上面了，所谓炖羊栖菜你不吃么？放进砂糖和油炸配料的……

水　不吃，一般来说。喜宴什么的有时倒是吃的。

春　（愕然）……哦——，喜宴吃吃炖羊栖菜?

水　是，比如七五三[1]，请来很多人，不是要招待很多东西么，那种时候就把拌羊栖菜什么的……羊栖菜那东西本来就是喜庆时吃的。

春　是吗。感觉上好像家常菜似的。平时不吃？

水　不吃，不吃那种多得走路都能掉在脑袋上的东西。

春　呃——，那么千仓人平时都吃什么呢？

水　鱼，一直吃。

春　很想早餐就吃。

水　呃，早上么，早上还是吃石滩紫菜啦、鲍鱼啦……

春　早上就吃鲍鱼？

水　生切鲍鱼片什么的。就是说，走路时苹果掉下来有人捡，而鲍鱼掉下来千仓人是不捡的。

春　哈哈哈……

水　往下就吃煮甜酸海螺，连同热气腾腾的白米饭和棋纹石。

春　棋纹石？

1　日本男孩三岁和五岁、女孩三岁和七岁的十一月十五日去神社举行的祝贺仪式。

水 不知道棋纹石?

春 不知道。

水 这个么……去海边不是有各种各样的小海贝什么的么，就是那个。那东西涨潮时多得不得了，捡回来煮了就行。用针挑开，用绷针。

春 嗬。

水 剥开了油炸，像炸牡蛎那样。然后用葱花醋酱拌了凉吃。

春 好吃吧?

水 好吃好吃，当然。

春 大酱汤呢?

水 大酱汤么，这个——，用鹿角菜——就是海草——来做，弄得滑溜溜的，放在酱汤里喝。往下就是笠贝。

春 笠贝?

水 笠贝么，不是有像斗笠一样紧紧扣在岩石上的东西么，就是那个……再往下是什么来着?对了，龟爪。

春 龟爪?

水 嘿嘿嘿……(笑)喏喏，不是常常贴在岩石与岩石之间吗，像爪子似的，就是那东西。笠贝大酱汤可真是好喝啊！再往下么，就是蟹，石滩蟹。唔——，爪切掉不要，光用壳做酱汤。

春 光用壳?

水 用壳做老汤，这个美味。不是有螃蟹馄饨吗，就那种感觉。

春 蟹肉不吃?

水 想吃的人吃也行，不过一般不吃。做老汤用的嘛。

春 看来挺好吃。呃——，一大早就吃这么多?

水 啊，也不是全部吃，吃几样吧。

春 唔——，这样确实轮不到羊栖菜出场了。

千仓的晚餐

上回是“千仓的早餐”篇，这回请安西水丸氏谈“千仓的晚餐”。够馋人的。

春　那么晚餐呢？

水　鱼，还有贝类，加上生鱼片。

春　那一带有什么鱼呢？

水　竹筴鱼生鱼片不错。

春　很想尝尝。

水　竹筴鱼生鱼片、沙丁鱼生鱼片，还有秋刀鱼。

春　刚捞上来的沙丁鱼做生鱼片够味儿吧？

水　的确够味儿。我喜欢竹筴鱼生鱼片，一回千仓就来一顿竹筴鱼。结果别的生鱼片怎么也吃不下了。偶尔也吃一次翻车鱼。

春　翻车鱼生鱼片？

水　翻车鱼生鱼片好吃，白嫩嫩的。

春　没有所谓一般性的生鱼片吗？金枪鱼啦，鱼啦……

水　有啊，比如旗鱼。不过当地人偏爱沙丁鱼和竹筴鱼，其次是海螺、鲍鱼肠什么的。有人把那东西用醋腌来吃。

春　厉害！

水　另外就是煮龙虾，把里面的肉这么取出来，蘸生姜酱油吃。没有蟹，没有大蟹，都是刚才说的小家伙（见早餐篇）。小家伙任凭多少都有。接下去就是蔬菜，秋葵（okra）什么的。秋葵，冲绳话叫 neri 吧。秋葵这个词来自英语吧？ Okura。

春　Hotel Okura[1]。

水　对对。秋葵是千仓（Chikura）的特产。我们家很久以前就吃来着。好像是那场战争中由南洋俘虏带来的。对了，花开得很漂亮，像月见草似的。没种过秋葵吧？

春　啊，看都没看过。

水　下次带来。很容易养的。这样，我常吃秋葵，据说能顶三个鸡蛋的营养……

春　三个咸明太鱼子[2]？

水　不不，三个鸡蛋。

1　意为“大仓饭店”。

2　日语中“鸡蛋”和“咸明太鱼子”发音相近。

春　千仓什么东西贵呢?

水　猪肉。现在有了，过去一家也没有。

春　喜宴都上什么呢?

水　什锦饭、整条鲷鱼或鲷鱼生鱼片，还有炖菜、炒牛蒡丝、羊栖菜等等。什锦饭里有蚕豆、豌豆什么，根据季节。

春　没有鱼肉什锦饭?

水　没有。鱼因为新鲜，都生吃，不搞什么什锦饭。还有褐菖鲉，这种鱼很容易捕捞……

(往下听不清楚。此次采访是在涩谷一家爵士乐酒吧进行的，吵得要命。现在正在放切特・贝克的歌)……鱼……炖菜什么的，甜甜辣辣的。这一来，鱼刺就剥离开了，好吃得很。再往下就做咸菜。咸旗鱼蛮好吃的。

春　如此听来，千仓那地方很富裕的么。

水　富裕的哟。毕竟是鲜花产地。渔村大多靠山，但千仓有一小块平原，农业也做得来。

春　没有西餐?

水　没有，没那玩意儿。“中华料理”都没有。

春　比如意大利面啦奶汁烤菜啦……？

水　没有没有。吃那东西大家要来围观的。说起来，在千仓圣诞树都是我第一个做的。小时候上山砍树，母亲去被褥店讨来棉花——很漂亮的棉花。结果上了报纸。

春　不一般。

水　圣诞树让我向往得很，非常想自己做一棵。所以在纽约看见圣诞树的时候，心头一阵发热：这就是真正的圣诞树！

春　那么，从结论上说，千仓最好吃的东西……

水　那还是鲍鱼和龙虾，那东西吃多少有多少。过去我和细井君吵吵闹闹的时候不是常回千仓么，跟他说鲍鱼吃过头了太阳穴都痛。他是群马县的，那里没有海的吧？

春　只有魔芋。

水　他说我挖苦他。我一回千仓真的太阳穴痛。小时候一到三点，母亲就用锅煮鲍鱼海螺什么的当零食吃。

春　嗬，鲍鱼当零食吃！

水　我不觉得有多好吃，但只有那东西嘛。海螺烤来吃，嚼来嚼去，下巴嚼累了，太阳穴嚼痛了，像嚼橡皮擦似的……还有一件让细井君不愉快的事。他说取蛤蜊里的贝柱时要横放着这么往下扭、这么吃，我说我家那里吃贝柱要挨骂的。贝柱不算在蛤蜊里。因为贝肉满满的，没必要一个个弄贝柱吃。他听了好像很伤自尊心。让我挺过意不去的。

春　山珍海味啊！

水　还有藤壶。藤壶好吃，村上君。藤壶肉像蟹肉一样好吃。藤壶知道吧？那种爪子带刺的家伙。用铁锤把爪子敲掉。

春　铁锤？

水　很好敲的。敲了下锅煮，煮来吃肉。本来就有盐味，香得很。

春　真想跟旅行团去吃一次，千仓旅行团……不用走多远就能去千仓吃藤壶。

水　藤壶随你怎么吃。

春　去！

千仓冲浪风情画

春　你是在千叶县的千仓度过的少年时代，听人说你冲过浪……

水　嗯，一块木板做的，用木板冲浪，小时候。呃——，长度是身高的一半吧。

春　比冲浪板小？

水　小，想象成洗衣板就行了。不到三十厘米宽，这么贴在肚皮上，手往前伸，趴下去。就像普通冲浪和光身子跳水合在一起似的。所以，趴板的姿势就好像双手托腮。就那样冲到岸边。

春　和普通冲浪一样游到海湾，抓着板等待浪头？

水　有等待的时候，有时候也利用珊瑚礁。身子站不起来的。

再说不知道哪里是哪里，全凭直觉。所以每一种珊瑚礁都是有名称的，比如用“牛”、“马”什么的区分开来。

春　牛、马……！？怎么叫这样的名称呢？

水　呃——，不清楚。总之动物名称好记，也许跟浪头卷起的样式有关吧。没研究过，弄不明白。大家都那么说，牛呀马呀……这么着，就站在那里等浪过来，小的统统放过，专等大的。

春　Big Wednesday[1]。

水　对对，Big Wednesday。大浪。冲浪的浪么，大的一连来三个。先来八个小的，接着是三个大的。

春　行家啊。

水　行家！所以，错过了第一个大的，第二个就冲不上去了。

春　浪那么大?

水　反正周围水很深，只能脚踩珊瑚礁等待下一次大浪。

春　珊瑚礁很窄吧?

水　那是，只有这桌面大小。五六个人单脚轻踩珊瑚礁等待浪头。扑上第一个浪头后有时会掉下来，而第二个第三个大浪随后打来，被裹进去可就麻烦了，不得了的。那种时候，就要朝浪来的方向扑去，朝海湾外边。要猛扑。对了，不是有黑海菜吗，海里边?

春　黑海菜?

水　黑海菜么，就是这么宽、像海藻那样的东西，根扎得很结实的——要牢牢抓住它。

1　意为“热浪星期三”（原为电影名）。

春　嗬——

水　抓住根等着。这一来就知道浪过去了吧？于是浮上来，刚才丢掉的木板正好回到跟前。有各种各样的诀窍。嘿嘿嘿。

春　越来越成行家了！

水　唔，湘南那里有人冲浪吧？他们不懂行。比如稻村崎。那种浪又低又没有起伏。可是千仓的浪真能把人托起来。

春　比不上的，湘南。

早婚对男人是好是糟？

春 近年来在大学里就结婚的人不少吧？

水 这个……是多是少呢？

春 情况如何呢？（问 GORO[1]）还是少的吧。

水 准确说来，我不是上大学时结的婚，毕业后结的。毕业之前，由于是在旧式家庭长大的关系，在学期间我本身没有结婚的念头。十九岁好上了，举行婚礼是在工作之后，二十三岁那年。

---

1 日本的杂志名。这里是指杂志的记者。

春　我也一样。认识是在十八九岁，结婚是二十二岁。

水　还是学生?

春　不管怎么样，我是念了七年大学。老婆念了五年。她早毕业两年。不过结婚时我已开始做生意了，算是在学期间开的店吧。

水　是国分寺那家能听爵士乐的店吧。

春　你和太太是怎么相识的呢?

水　说来话长(笑)。

春　想听听。

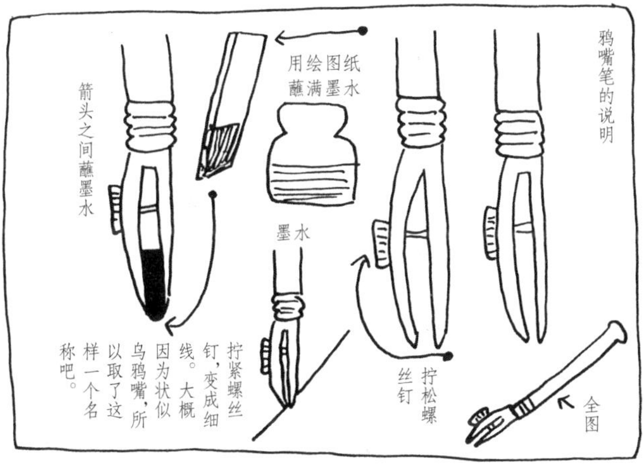

水　我在日本大学艺术系学印刷美术图案设计。家里是开建筑设计公司的，一般该去学建筑才对，可我学的是图案设计。也是因为心里愧疚，晚间就去专科学校学室内设计。在那里偶然和她坐在一起交谈起来。我忘了带鸦嘴笔（制图工具），问她借来着。

春　这样说起来，我也是第一次上课就和她坐在一起的。在早稻田，专业不同，但在一个班里上课。大概是一次课堂讨论的时候吧，一个革命学生走到前边说："老师，今天讨论，请别上课了！"老师说"好"，就回去了。天天如此。

水　我们那时候，就算女的旁边有空位子，也不会马上去坐。男女同坐只是偶尔一次——实在没办法了才坐。

春　我那个班的讨论题目是"美帝国主义的亚洲侵略"。她什么也不懂，问了很多，说："帝国主义是什么？"从天主教女校来的，这种事一无所知。我也教了她一些，一来二去就好上了。

水　我和你差六岁，我四十一，你三十六吧?

春　这么说来，已经结婚好多年了。

水　那是啊（笑）。

春　结婚太早了——没这么想过?

水 没有。因为结不结婚可以自己选择（笑）。不过，糟糕事倒也没有。

春 我也觉得现在的婚姻蛮有意思，没什么后悔，再没有比这更有趣的人生了。不过当时并没有跟结婚挂钩，我有个正相处的女孩，她那边也有个什么，所以到好上花了好几年时间。就是说那期间各做自己喜欢的事，后来才搞到一起的。以一般朋友的感觉相处到二年级。

水 我也有个正相处的女孩，或者应该说处得不太顺利吧，那时候和她认识的，因为鸦嘴笔（笑）。对方工作了。从专科学校回去的路上喝茶时她出的钱。啊，那种感觉真是不坏。比较喜欢看书，电影什么的也喜欢。

春 近来看面向年轻人的杂志，心想，如今的年轻人好像没钱就没趣。不是那样？觉得不穿好些、没有车就跟女孩子处不顺利，是吧？

水 是的。在湘南一带，没有车就别想找女孩子。靠两条腿是不灵的（笑）。

春 我们年轻时候，没有钱也无所谓，没什么不好意思。有钱倒好像不正常。

水 反正有两人喝一次咖啡的钱、偶尔看一次电影就是最高享受了，简直美上天了。光一起走路都够开心的。

春 钱是婚后才考虑的东西（笑）。开店是借钱开的。需要五百万，和老婆两人打工挣二百万，其余的从银行借。借多少来着？二百五十万吧。对不上账（笑）。反正其余是借的。

水 我也借来着。我这人不懂世故，心想结了婚就要有房子。跟着不动产商这里那里看了好多处，最后觉得还是要买才行。原先住在市中心，就打算在有杂木林的地方买。在井头公园附近买的，大概是三百五十万，一九六五年。从银行借了一百七十万。两个人工作，一点点还是还得起的。

春 嗯，借钱好极了。

水 能让人拼命干。

春 还会形成连带感。

水 这么想来，早结婚还是有好处的。得得，这不成了拼命寻找在学期间结婚好处的对谈了（笑）。

春 说到底，因为助跑时间长，婚后非常轻松。

水　恋爱这东西，如果光是一方突飞猛进，十有八九会落得失败。男方先爱得要死要活，女方就莫名其妙地有了自信；相反，如果女方如醉如痴，男方就从容自得。要始终保持大体相同的速度。最好喜欢的程度差不多，一点一点要好起来。

春　我是很想早结婚的。因为我是独生子。家里总是只有父母，自己总是从属性的，是吧？所以很想快些拥有自己的天地。这也取决于对方。如果确信对方没有问题，那么三十结婚也好二十一结婚也好都没关系。只要一犹豫，就会产生不必要的迷惑。

水　相反，如果女的年轻时想早结婚恐怕就很麻烦。因为把握不准男方日后会怎么样。我这方面姐姐妹妹多得多了——说法或许奇怪——没女的在身边多少有点心神不定。一旦有合适的人出现，自然而然就想如果这个人跟自己在一起肯定会一路顺风。

春　常有人说男的晚婚好，因为独身期间可以跟各种各样的女性交往。可是冷静想来，发生那种事情的数量是一定的。我想男女关系不至于因为独身而增多。

水　结了婚的人机会反而多吧。

春　这种话说多了要惹麻烦的（笑）。

水　近来辣萝卜不太多了（笑）。

春　唔，脑袋全变绿了，味也平和了。

水　换个话题说别的吧（笑）。

春　虽然结婚很久了，可我并不觉得双方变了。

水　去旅行啦，喝咖啡啦，那种时候的兴趣都没有改变。

春　男的如果对人生失去信心，打算这样子凑合下去，或认为家庭这东西就这么回事，那恐怕就完了。我们两人一来有互相对等的紧张感，二来也不想让对方瞧不起。

水　就算多少变了，只要男方相应地用心去理解，也没关系，因为人这东西不可能任何时候都满足对方。

春　我想生活当中的紧张感是自己制造的。或者应该称为刺激性吧，而这点无论独身还是结婚都是一样的。

水　累倒是累。不过，在家里的表现我想也是很有意思的。我觉得什么都满不在乎地活着并不太好。

春　比如说，即使在家我也绝不邋邋遢遢，总是穿得整整齐齐，这已经成了习惯。

水　人们常说在公司上班的人一回到家就看电视睡觉。我也在公司干过，但从没有那样。

春　老婆说话的时候我首先倾听，再发表感想。洗完澡我从不光穿一条短裤东倒西歪。早上必刮胡子。这倒是小事——不在人前放屁。这种程度的事是起码应该做到的。对方做的饭菜，好吃就说“好吃”；对方做饭，自己就洗碗；自己身边的东西自己好好整理；自己的衣服自己熨烫；还有……瞧我，这说的是什么话（笑）。

水　我家里也差不多，除了细节。

春　就我来说，情况就像小时候做法的延伸。有一种必须互相明确制定守则的心情。我们年轻的时候是IVY[1]全盛时期、VAN夹克时代，都讲究穿着。结了婚仍然觉得应该在一定程度上注意穿着打扮。散步回来进门前要好好调整呼吸，汗要擦掉(笑)。

水 尽管互相十分了解，但也许还有未知部分——没了这种紧张感，就要松懈马虎下去。

春 我住的地方几乎全是工薪阶层，白天全是女的。看上去真叫人失望，样子实在太不讲究了。邋邋遢遢，穿着拖鞋，月经卫生巾减价时买那么多夹着。感觉上活得像泄了气的皮球。

水 那是不好。讲究的人外出购物时也同样有神采。不是有上了年纪也魅力不减的女性么？那样的人肯定自己付出了相应的努力。

春 自己的生活方式只能自己决定。话虽这么说，二十五六岁之前忙得昏头昏脑，要设法上年纪才行……虽然花时间，虽然走弯路，但那样再稳妥不过。今天谈得相当郑重其事(笑)。

水 和现在的女孩子相识的时候——只是打比方——你认为能顺利交往下去？

---

1 常春藤，美国东部八所名牌大学的象征。

春　唔，有信心。因为时代虽然变了，但人的容量是不变的。即使倾向变了，根本的东西也是不变的。以前采访过青年，有趣的是他们非常讲究现实，例如没有车不行，不在一流公司工作不行——很多人都先提这个。我想我不会同这样的人交往，至少不会交往到结婚的地步(笑)。

水　即使是那样的女孩，喜欢上了也不至于对男的提那样的要求。我这样的想法莫非是天真不成?

春　当前存在着闭塞状态。我们那时候正赶上经济起飞，即使暂时没钱，只要奋斗也会变得有钱、变得有名。现在不成了。现在的男孩瞻望前途，有时会心灰意冷。而女孩对此很敏感，心想既然那样，就要看有没有钱、有没有才能、有没有学历、脑袋好不好使了。

水　有道理。我看对女性也得客观一些。不能光看是不是美人，还要看长相是否给人好感、是否较有主见、说话是否风趣，以及性格好坏等等。凭感觉可以看得出。

春　总的说来，我也不喜欢所谓美人，而比较看重感觉上是否合自己的口味。这类长相只能由我作出正当评价——若是这样就好了。

水 唔，你大概是指具有只有你才看得出好在哪里那种魅力的人吧，就像你那本小说里出现的俏皮对话……

春 不不，不对不对。我不是不开车而坐电车的吗？在车上时不时有人打招呼，我答不上来，所以电车也不怎么坐了。只在家附近散散步，不太上街。买完东西就回来，在家里喝酒听唱片——就这么一种生活模式。你现在住在青山吧？

水 走路会碰上很多可爱女孩，很多很多的。

春 真不错。

水 怎么才能搭上话呢？成天琢磨这个。

春 净琢磨……

水 比如，你村上领来一个女孩当场介绍给我，一连几天有电话打来，于是我问今晚去玩好不好啊——如果是这种气氛，自然会成为朋友，对吧？而如果不是这样，只是走在路上觉得可爱，那什么也解决不了。一想到人家可能有男朋友，心里就气急败坏（笑）。

春 那，下次去迪斯科舞厅好了，就一次。

水 好啊！

后记

说是后记，其实想写的差不多都已在正文里写了，没有什么好在这里如此这般特别提及的了。但不管怎样，对我来说毕竟是第一本杂文集，正文中也说了，是《日刊打工新闻》一年零九个月连载专栏结集而成的。

不过，虽说是在《日刊打工新闻》写的连载，但《日刊打工新闻》广告中出现的地藏菩萨模样的春树君和我毫无关系。这点要说明一下，以免误解。

对了，大体是在吃午饭的时候，《日刊打工新闻》这家公司在广播里有个广告时间，那是为什么呢？而调频广播从十二点后也安排了。再留意看去，荞麦面馆的电视上也时不时有它的广告。

我猜，没有工作的人大概快到中午时才懒洋洋地爬起身刷牙（或不刷什么牙），然后直接去荞麦面馆看着电视，“吐噜吐噜”吃盛在笊篱上的大分量荞麦面条，或在厨房里一边烧水听调频广播一边吃速食面——那家公司于是想在这个时候发出信息，劝他们正经干活，别那么吊儿郎当。的确，老是过懒汉生活、快中午时才醒来，一个人孤零零地吃午饭，这是很空虚的。太阳明晃晃地照着，四下看去全是干活人的身影。而此时若有《日刊打工新闻》的广告飘进耳朵，未必没有可能生出“也罢，那就打工去吧”的念头。

如果因为这个缘故而在中午时分播放《日刊打工新闻》的广告，我想其眼光是非常敏锐的。《日刊打工新闻》搞宣传的人可谓不同凡响。喂，山口昌弘，看见没有，我可正在夸奖你呢！

在正文中我不客气地把山口昌弘写得很糟，但那并没什么歹意。假如山口君因此被顶头上司叫去严厉训斥一顿，我觉得十分抱歉。

另外，我在正文中写了今年情人节我一块巧克力也没捞到独自做萝卜干吃之后，从负责这个专栏的山崎小姐和清水小姐两个女孩那里得到了巧克力，好像我讨来似的，对不起。安西水丸一看见我就说“作家得女孩欢心嘛”，但没那回事的。还有，可别对我老婆说什么“哎呀太太，作家这东西很得女孩子欢心，您不放心吧”。那么说会留下后遗症的。

村上春树

一九八四年六月